Le folli Avventure di Eulalia di Potimaron

1. A noi due, Versailles!

Lapis Edizioni

Ideazione grafica: Studio Flammarion Jeunesse e Marie Pécastaing.

Traduzione di Angela Maria Nicolò

Lapis Edizioni
Via Francesco Ferrara, 50
00191 Roma
tel: +39.06.3295935
www.edizionilapis.it
e-mail: lapis@edizionilapis.it

ISBN: 978-88-7874-265-9

Finito di stampare nel mese di giugno 2012
presso Genesi Gruppo Editoriale
Via R. Luxemburg, 4 - Zona Industriale
06012 Città di Castello (PG)

Anne-Sophie
SILVESTRE

Amélie
DUFOUR

Le folli Avventure di Eulalia di Potimaron

I. A noi due, Versailles!

Lapis Edizioni

Siamo in Francia nell'anno 1677
durante il regno di Luigi XIV, detto il Re Sole.

1

Addio, AMATA POTIMARON!

«Madamigella Eulalia, vostro padre vi aspetta fra un'ora nel salone».

"Che buffa idea quella di fissarmi un appuntamento!" pensai subito. "Perché non mi parla, come fa sempre, a tavola o in giardino?".

«E non è tutto…».

«Che altro c'è?».

«Vuole che indossiate un abito elegante».

«Abbiamo degli invitati?».

«Non mi sembra».

Non capivo proprio. Perché dovevo mettermi un *vero* vestito, per noi due soli, in un giorno qualunque?

Diamine, cosa doveva succedere quel pomeriggio di tanto speciale?

Mi chiamo Gabriella Evangelina Eulalia di Potimaron. Ma per quasi tutti sono solo Eulalia.

In effetti, un'ora dopo, mio padre, il barone di Potimaron, mi attendeva nel salone.

Lui era vestito con un'eleganza che mi sembrò insolita ed io con l'abito di raso giallo albicocca che metto quando abbiamo ospiti.

«Madamigella!» esordì mio padre. «Devo parlarvi di cose importanti».

Madamigella? Aveva proprio detto *madamigella*?

Era la prima volta che mi chiamava così.

«Madamigella… » riprese «come voi sapete io non amo affatto regole e convenzioni. Vi ho allevata fino ad oggi senza mai chiedermi se ciò che vi insegnavo fosse più adatto a un ragazzo o a una ragazza».

"Certo" pensai. "E va benissimo così… Ma perché: *fino ad oggi*? Le cose stanno forse per cambiare? Ma io non sono d'accordo per niente, per niente, per niente!".

Mio padre continuò:

«Ho avuto la gioia di vedervi crescere e correre in piena libertà. Ho avuto la soddisfazione di insegnarvi io stesso a leggere, come pure a tirare di scherma e montare a cavallo, assecondando i vostri desideri… I nostri vicini mi hanno talvolta rimproverato di aver fatto di voi un maschio mancato... come se questa orrenda espressione avesse un senso! Riconosco tuttavia che lasciarvi crescere senza alcuna imposizione, per la serenità di noi due soli, possa sembrare un atto di egoismo, da parte mia. Anche se non mi è mai sembrato che ciò vi rendesse infelice».

«Niente affatto, Padre! Su questo punto, posso rassicurarvi completamente».

«Lo so... Ma bisogna mettersi il cuore in pace: questo periodo è finito per sempre».

Spalancai due occhi grandi come laghetti:

«Padre... perché?».

«Vedete, figlia mia, io sono compiaciuto, anzi orgoglioso nel vedervi saltare a cavallo le siepi e tirare di spada... ma state diventando una fanciulla e disgraziatamente viviamo in un mondo in cui questa educazione troppo semplice, troppo spontanea e naturale, potrebbe danneggiare il vostro avvenire».

Per lo stupore, mi lasciai cadere su una sedia. Egli continuò:

«Se volete un esempio, non è conveniente che l'unica figlia del barone di Potimaron, che un giorno sarà contessa o marchesa, imprechi dicendo "poffarbacco!" o "per tutti i diavoli!" come uno spadaccino... Non protestate, vi ho sentita, non più di cinque minuti fa, dietro questa porta».

Sì, va bene, d'accordo: mi ero pestata il vestito.

«Se non è che questo, Padre, posso benissimo...».

«Moderare il vostro linguaggio? In effetti, mi farete la cortesia di prestarvi più attenzione. Ma non è tutto».

«Non è tutto?».

«Dovete preparare i vostri bagagli perché partirete per Versailles».

Ho ripetuto, come se non riuscissi a capire:

«Versailles?».

«Sì, Versailles. Mia sorella Annie ha avuto la bontà di presentarvi a Corte. Grazie a lei, sarete accolta come dama d'onore di Maria Luisa d'Orléans».

Era dunque mia zia Annie l'artefice di questo tradimento… Che furbacchiona! Traditrice, perfida, diabolica! E io che l'avevo sempre considerata la mia migliore amica… Volevo piangere, ma mi sono morsa la lingua con forza. Non conosco miglior rimedio contro le lacrime.

Mio padre stava continuando:

«Imparerete a comportarvi come si conviene a una damigella raffinata, elegante e misurata e ad esprimervi con grazia in società».

"Al diavolo!" pensai.

«È ciò che vostra madre vi avrebbe insegnato se avesse vissuto più a lungo. Io, devo riconoscerlo, non ve l'ho saputo trasmettere…».

Alzai verso di lui uno sguardo spento:

«Padre?».

La voce di mio padre si velò di malinconia.

«Sì, Eulalia?».

«È proprio deciso, dunque?».

«Sì, figlia mia» disse soffocando un sospiro.

«Quanto mi mancherete, Padre…».

Il barone di Potimaron aprì le braccia e mi strinse a sé, mentre sgualciva con una mano le falde della giacca per cercarvi un fazzoletto.

«Anche tu mi mancherai, Eulalia...».

Fu la zia Annie ad accompagnarmi a Versailles. In carrozza. E in abito elegante. Cominciavo con curiosità e un po' con fastidio (un cucchiaino di curiosità contro cento mestoli di fastidio) il mio apprendistato di "perfetta damigella di Corte".

«Insomma, finiscila con quel muso lungo!» sospirò la zia mentre eravamo in viaggio da più di due ore. «Si direbbe che mi detesti».

Non avevo aperto bocca dalla partenza, e avevo tutta l'intenzione di continuare così.

Con gli occhi ostinatamente abbassati, carezzavo Tancrediglio, il mio coniglio addomesticato.

Tancrediglio è bianco con delle macchiette grigio scuro e una chiazza color caffè intorno all'occhio destro. Se ne stava sdraiato sulle mie ginocchia e sembrava, lui, assolutamente beato per quel viaggio che mi lasciava tanto tempo per carezzarlo. Nessuno ama tanto le coccole come il mio coniglio.

La mia espressione imbronciata, il mio atteggiamento dicevano: "Da ora in poi comunicherò solo con le persone che mi vogliono bene" o almeno, facevo di tutto perché così si capisse.

«Hai intenzione di tacere fino a Parigi?».

“Sì!” pensai io.

«E credi che questo sistemerà le cose?».

Non lo sapevo, ma d’un tratto il mio dolore ruppe gli argini con cui tentavo di frenarlo.

«Perché hai messo in testa a mio padre questa idea assurda di mandarmi a Versailles?».

«Ingrata! È stata la migliore idea della mia vita... Versailles è il più bel posto del mondo. Una ragazza intelligente mi abbraccerebbe. E, magari, mi ringrazierebbe, ma non bisogna pretendere troppo... Credi che serva a qualcosa compiangerti e sentirti la persona più sventurata della terra, e pensare solo ai tuoi cavalli e alle tue spade?».

«E anche a mio padre. Sarà triste senza di me, lo so bene... E penso anche alla mia casa di Potimaron che non rivedrò più».

«Ma che assurdità! Non sarai mica prigioniera. Tornerai per le vacanze... la gente della Corte passa l’estate a casa propria. E, credimi, tuo padre non è triste. Gli mancherai, certo, ma non è un egoista. Se ti vedesse trascurare la tua educazione per pigrizia allora sì, sarebbe profondamente infelice... Devi crescere, Eulalia! Hai dodici anni, non puoi restare sempre una piccola selvaggia... Le esperienze nuove sviluppano in noi dei talenti che altrimenti resterebbero nascosti. Aprono la mente».

«Per quanto mi riguarda, poteva benissimo restare chiusa...» replicai. «E chi è questa Maria Luisa d’Orléans, da cui mi mandi?».

«*Mademoiselle* è la nipote del Re, la prima principessa del regno. Non ti ho preso in giro».

«Quanti anni ha?».

«Quindici».

«Una vecchia, oltretutto... Sa usare la spada?».

«Non che io sappia! In genere, le dame distinte non si battono in pubblico con la spada».

«E come fanno quando qualcuno le insulta?».

«Pagano un sicario efficiente e discreto».

«Cosa? Ma davvero?».

«Ma no! Ci sono anche persone normali e civilizzate a questo mondo. Particolarmente a Versailles, per l'appunto».

«Cosa dovrò fare presso questa nipote del Re?».

«Accompagnarla. Essere al suo servizio. E soprattutto ascoltare, guardare e imparare a comportarti in una società che è la più moderna e la più brillante del mondo. Per tutta la vita, godrai del vantaggio di essere stata educata a Versailles. È un privilegio favoloso. Dovunque andrai, in futuro, ti garantirà l'interesse e la considerazione della gente, troverai porte spalancate e visi sorridenti...».

Ah, bene... Anche sforzandomi, non vedevo niente in questo programma che potesse ispirare tanto entusiasmo. Senza dire nulla, mi rifugiai in un pensiero confortante. Nel mio baule, avevo messo gli stivali, i miei abiti da ragazzo e le mie due spade. Sì, ne avevo due. Una da allenamento e l'altra da combattimento. Ma devo ammettere che quella da combattimento ancora non mi era mai servita.

Uno spadaccino perfeziona la sua tecnica ogni giorno.

Dicono che Versailles sia un posto grandissimo. Troverò sicuramente un luogo al riparo dagli sguardi dove esercitarmi.

2

Un immenso CANTIERE

Al nostro arrivo a Versailles, era notte.

Mi avevano promesso tutti gli splendori d'Oriente: non vidi che un gran cortile circondato da un vasto edificio molto scuro. Ma, soprattutto, vidi mucchi di sabbia, pietre da taglio, travi nuove. Il suolo era sporco di malta. Tutto il posto sapeva di calce fresca.

Nell'insieme, vista così da vicino, Versailles sembrava un immenso cantiere.

Ma non ero delusa. Anzi, al contrario. Mi è sempre piaciuta l'atmosfera delle costruzioni e gli scherzi dei muratori. Capii che mi sarei sentita più a casa mia.

«Andiamo questa sera da *Mademoiselle*?» ho domandato.

«È troppo tardi» rispose mia zia. «La prima presentazione a Corte, è qualcosa di solenne. Bisognerà fare una toletta accurata».

«Proprio quel che temevo».

«Credo che a Corte dovrai prendere questa abitudine».

«Proprio per questo non volevo venire».

Lei non replicò.

Faceva così, ogni volta (vale a dire, tutte le numerose volte) che le ricordavo di essere qui contro la mia volontà.

La zia Annie girava come a casa propria in mezzo ai mucchi di pietre e alle carriole di sabbia. Ci fece traversare il cortile e passare sotto un arco coperto. Tenevo Tancrediglio contro la mia spalla. Aveva paura di quel luogo sconosciuto. Sentivo che si stringeva a me e il suo cuore batteva più in fretta del solito.

«Dove andiamo?» le domandai ancora.

«Da una mia amica dove passeremo la notte».

«Come si chiama?».

«Madame de Montespan».

Questo nome mi diceva qualcosa. Anche nella mia campagna di Potimaron – dove Dio sa se Versailles era l'ultimo dei miei pensieri – il nome di questa dama era arrivato alle mie orecchie.

«È una persona importante?».

«Ah, piccola mia… tranne il Re, qui non c'è nessuno di più importante».

«Neanche la Regina?».

«La Regina non è molto importante».

Davvero? Era un'informazione sorprendente.

Avevo sempre pensato che un re e una regina formassero una coppia altrettanto imponente, unita e indivisibile che un re e una regina di picche o di cuori in un gioco di carte.

«Come sei diventata amica di una persona così influente?».

Mi accorsi improvvisamente di provare un maggiore rispetto verso mia zia.

«Quando avevamo la tua età, eravamo insieme in collegio, a Saintes. Aveva certe trovate! Era la ragazza più simpatica del mondo. A metà di una lezione o durante la preghiera, poteva farmi scoppiare in pazze risate con una smorfia veloce come un battito di ciglia».

«Non doveva essere tanto difficile: tu ridi per un niente. Anch'io riesco a farti ridere quando voglio».

«Diciamo allora che avete questo in comune».

Dopo quel lungo percorso tra corridoi scuri e ingombri di impalcature, l'appartamento di Madame de Montespan mi piacque immensamente.

Due piccoli servi mori, con la pelle di un bel color bronzo e un sorriso garbato, che portavano dei turbanti di raso rosa, ci fecero entrare.

Le stanze erano magnificamente illuminate da una profusione di candele, candelabri a molti bracci e fiaccole. Nel salone, in mezzo a una composizione di rocce finte coperta di fiori e di piante verdi gorgogliava una fontana. C'erano anche delle voliere dalle sbarre

dorate con pappagallini di tutti i colori, un immenso pappagallo bianco sul suo trespolo, cinque scimmiette che dondolavano e facevano capriole in una grande gabbia ugualmente dorata... Ebbene, eccolo, il mio palazzo delle Mille e una notte! Bisognava solo cercarlo un po', il che è normale: un palazzo incantato che si rispetti si nasconde agli estranei... E in mezzo a tutte queste meraviglie, la sultana del luogo ci veniva incontro.

«Annie! Eccoti, dunque. Hai fatto un buon viaggio?».

Madame de Montespan era una donna alta e bionda. Non avevo mai visto un viso così armonioso. Sapevo che non era una cosa educata, ma non potei fare a meno di fissarla, come se fosse un quadro. Malgrado un'ampia veste da camera azzurro cupo ricamata d'oro, mi accorsi che era incinta. Ma questo non nuoceva alla grazia del suo portamento. Mi sembrò addirittura che la sua bellezza ne fosse aumentata.

«Ho fatto un ottimo viaggio, Françoise, grazie. Ma anche tu hai un aspetto magnifico... Come va questo piccino?».

«Il piccolo monello sta benissimo. Scalcia e si muove in tutte le direzioni. Comincia a sentirsi stretto, non vedo l'ora che esca... Ma non chiamarmi più Françoise, questo nome andava bene in altri tempi. Ormai, preferisco Athénaïs, è meno comune».

Bisbigliò all'orecchio di mia zia, ma io sentii lo stesso:

«E poi, anche la Maintenon si chiama Françoise! Ragion per cui, non posso più sopportare questo nome».

Appresi più tardi che la Maintenon era la principale rivale, a Corte, di Madame de Montespan. Quest'ultima, adesso, aveva lo sguardo rivolto verso di me.

«Chi mi porti di bello?».

«Ti presento mia nipote Eulalia, una specie di gattina selvatica che da quindici giorni è occupata unicamente a maledirmi».

«Che cosa le hai fatto?».

«L'ho condotta qui».

«Non posso darle torto, questa è una casa di pazzi».

«Perfetto, mettitici pure tu! Grazie per il tuo appoggio».

Madame de Montespan prese a osservarmi con tutta calma. Le fui riconoscente di questa attenzione. Mi guardava con serietà e con interesse, non nel modo distratto che spesso si dedica ai ragazzi.

«Che vieni a fare a Versailles?» mi domandò.

«Damigella d'onore di Maria Luisa d'Orléans» risposi.

«Ti ricordo, incidentalmente...» intervenne la zia Annie «che sei tu che hai ottenuto questo incarico per lei».

«Ma guarda, sì, è vero... l'avevo dimenticato... È un posto magnifico, accanto alla prima principessa del regno... Qualunque ragazza farebbe salti di gioia al tuo posto. Anch'io, alla tua età... E a te invece tutto questo non piace?».

«No» risposi.

Lei sembrò riflettere un istante, poi improvvisamente si concentrò su Tancrediglio.

«È un bell'animale. Posso prenderlo in braccio?».

Non mi sembrava il momento adatto. Tancrediglio era turbato da tutte queste novità, e, quando si agita, dà dei colpi di zampa più forti di quanto ci si potrebbe aspettare. Gettai uno sguardo inquieto sul ventre rotondo della dama. La misi in guardia:

«A volte è imprevedibile, con le persone che non conosce».

Lei sorrise.

«Proviamo» disse.

Sollevò il mio coniglio con un gesto dolce e preciso, l'appoggiò sul suo braccio e, con la mano rimasta libera, lo carezzò. Era un'esperta. Sapeva far scorrere il dito alla base delle orecchie di Tancrediglio, grattare abilmente il piccolo spazio sensibile alla base della testolina, poi far scendere lentamente la mano lungo la schiena e la spina dorsale seguendo tutte le curve.

Lui, calmo e dignitoso, apprezzava da intenditore. Del resto, vedendo quell'appartamento pieno di animali, appariva evidente che questa dama amava vivere con loro.

L'orologio batté le nove. L'orologio era una specie di enorme giocattolo, grosso come una credenza. Il quadrante era circondato da un insieme di casette, di piccoli palazzi e di paesaggi in miniatura. Quando suonò l'ora, tutto si animò. Le porte si aprirono. Gli automi si misero in movimento. Sfilavano piccoli dromedari e poi cavalli e pastori coi loro greggi. Una gazza e un pavone uscirono dalla gabbia. I carillons attaccarono a suonare.

Un canarino meccanico si mise a cantare... i due piccoli mori dal turbante rosa che assistevano allo spettacolo, piantati davanti all'orologio da vari minuti, saltarono di gioia battendo le mani. Lo schiamazzo divenne generale. Le scimmie si scatenarono nella gabbia. I pappagallini battevano le ali e squittivano contemporaneamente. Anche il grande pappagallo bianco si agitò e arruffò le penne sul suo trespolo.

Feci un gran sorriso. Ma qui, tutte le volte che suonava l'orologio, c'era questo finimondo? Ecco un modo di segnare le ore che mi piaceva proprio.

Madame de Montespan, per nulla turbata dal baccano, carezzava ancora Tancrediglio con aria pensosa.

«Ascolta...» mi disse «credo che dovresti restare qui un anno. Maria Luisa d'Orléans non è una persona con cui è difficile convivere. Fra un anno, tu ne saprai abbastanza sulla Corte, per decidere se restare o andartene».

La proposta mi sembrò ragionevole e sensata. Guardai mia zia.

«Che ne pensi, zia?».

«Credo che l'idea di Athénaïs sia perfetta».

Le guardai entrambe.

«Va bene...» dissi «rimango... E grazie di esservi occupata di me».

Poco più tardi, la zia Annie ed io, ci svestivamo nella camera che Madame de Montespan ci aveva offerto per la notte. Ci avevano portato due grandi bacili di acqua calda.

Indossata la camicia, vi immersi la metà di una salvietta e me la passai sul viso, sul collo e sulle braccia. Annie, girandomi la schiena, faceva lo stesso.

Tancrediglio si era trovato una sistemazione sotto una poltrona che sembrava piacergli. Gli avevo appoggiato vicino una ciotola d'acqua e un pugnetto di avena e speravo proprio che non avrebbe sporcato fuori dal vassoio pieno di sabbia che uno dei piccoli mori aveva portato a questo scopo.

«Quando nascerà il bambino di Madame de Montespan?» domandai.

«Fra due o tre mesi, credo» disse Annie.

«È il suo primo figlio?».

«Oh no! È l'ottavo».

«L'ottavo? Monsieur de Montespan deve essere molto contento».

«Nnno... no! Sinceramente, non si può dire che Monsieur de Montespan sia contento».

«Non gli piacciono i bambini?».

«È... una cosa complicata».

«Non ho capito».

«Ebbene, sarò franca: Monsieur de Montespan abita in Aquitania, a duecento leghe da Parigi. Vede di rado sua moglie. E solo i due figli maggiori sono i suoi».

«Ma... allora, chi è il papà degli altri?».

«Il Re».

«Il Re?».

«Il Re è innamorato di Madame de Montespan e insieme

hanno avuto cinque figli. Quello che sta per nascere sarà il sesto. È per questo che – come ti dicevo prima – Athénaïs è la persona più importante della Corte».

«Ma... Monsieur de Montespan è d'accordo?».

«Niente affatto».

«E la Regina? La Regina è d'accordo?».

«Ancora meno».

«Ma... è una cosa permessa?».

«Assolutamente no. Tuttavia il Re ha deciso per se stesso di fare un'eccezione alla regola».

«E ha il diritto di farlo?».

«Ha deciso di prenderselo».

Restai ammutolita dalla sorpresa. Eravamo a centomila leghe da tutto quel che avrei potuto immaginare. Che strano posto era questa Corte...

«Chi conosce la verità?» domandai ancora.

«Tutti» rispose mia zia.

«E... nessuno dice niente? Nessuno si scandalizza?».

«No. All'inizio, è sembrato un po' sconveniente, tanto che il Re e Madame de Montespan, con discrezione, hanno sistemato i loro figli in una casa di campagna. E poi, molto presto, tutti hanno accettato la realtà. I loro figli adesso vivono a Corte. Non ci bada più nessuno. E vedrai che anche tu ti abituerai in fretta».

Restai perplessa. Eravamo sdraiate nel grande letto. Mia zia aveva spento le candele. D'improvviso, qualcosa, uscendo dall'oscurità, urtò contro la mia spalla. Tancrediglio, dopo aver riflettuto a lungo, aveva deciso che preferiva il nostro lettone alla sua casetta sotto la poltrona. Lo strinsi a me e gli carezzai lentamente il pelo.

Madame de Montespan aveva detto che Versailles era “una casa di pazzi”… Effettivamente, ero lì solo da poche ore e già passavo di sorpresa in sorpresa.

Presentazioni
A CORTE

L'indomani la zia Annie ed io ci occupammo di trovare un abito adatto per la mia presentazione a Corte: il mio vestito giallo albicocca. L'avevo sempre considerato bellissimo, ma quello che avevo visto indossare il giorno prima da Madame de Montespan mi aveva fatto capire che, per Versailles, era senza dubbio troppo semplice.

Maledizione!

Il primo che osa dire che ho un'aria "provinciale", lo trafiggo con la spada!

Ma così agghindata, non posso avere la spada al fianco… O Signore, come è tutto complicato, qui…

«Domani andremo a ordinarne di nuovi» disse Annie.

«Athénaïs ti raccomanderà alla sua stessa sarta».

D'accordo, ma nel frattempo, mi toccava affrontare Versailles senza armi e con il vestito di Potimaron.

Avrei potuto fare a meno di preoccuparmi. Capii ben presto che Maria Luisa d'Orléans non giudicava le persone dall'eleganza dei loro vestiti.

Per cominciare, feci conoscenza con Costanza. Aveva dodici anni, come me, solo qualche mese in più. Dall'autunno precedente era damigella d'onore di *Mademoiselle*. Noi due dovevamo formare una squadra e dividere la stessa camera.

Costanza aveva i capelli castano chiaro ed era profondamente seria. Aveva organizzato la nostra stanza e sistemato dal suo lato tutto quello che le apparteneva. Una chitarra e un mandolino erano appesi al muro sopra il suo letto, e sul tavolo erano disposti degli spartiti. Non sembrò interessarsi al mio vestito. Gettai un rapido sguardo al suo. Non per spirito di rivalità – me ne intendevo così poco! – ma solo per assicurarmi che non fosse troppo diverso. Mi sembrò che il suo abito color marrone, di una bella stoffa e ben tagliato, fosse stato già indossato molte volte. Costanza accettò senza obiezioni la presenza di Tancrediglio. Insomma, la mia nuova compagna di stanza mi piacque immediatamente.

Nel pomeriggio, Costanza mi condusse da *Mademoiselle*.

Maria Luisa d'Orléans aveva quindici anni. Era

piuttosto minuta, di statura appena più alta della mia, un viso delicato e occhi neri incredibilmente belli. Però, mi sembrò che ci fosse in lei qualcosa di un po' triste. Nel suo sorriso, nel fondo del suo sguardo, c'era una certa malinconia. Era una sfumatura minima, ma me ne accorsi subito.

Costanza fece una riverenza. La imitai facendo del mio meglio. Da quando si era decisa la mia partenza, la zia Annie mi aveva fatto esercitare il più spesso possibile a eseguire questo movimento. La gamba sinistra si piega, la gamba destra si stende, la schiena resta dritta. Per fortuna, questo esercizio non era troppo diverso da certe posizioni della scherma. Mancavo di grazia, ma, tecnicamente, me la cavavo.

«Siate la benvenuta, Madamigella di Potimaron» mi disse Maria Luisa. «Spero che vi troverete bene tra noi».

Recitai parola per parola, la frase, elegante e insieme naturale, che avevamo preparato con Annie.

«Ringrazio Vostra Altezza di avermi accolto a Corte. Il mio desiderio più caro sarà, d'ora in poi, di essere utile e gradita a Vostra Altezza».

Mica tanto male, vero?

Le presentazioni erano fatte. Tornando nella nostra stanza, parlai a Costanza di quella leggera ombra che mi era sembrato di cogliere nell'espressione di *Mademoiselle*.

Mi ero sbagliata?

«No» confermò Costanza. «*Mademoiselle* ha perduto sua madre all'età di nove anni. Non se ne è mai consolata».

Mettendo insieme le informazioni ottenute da Costanza e da Annie, potei ricostruire la storia della mia nuova padrona e dei suoi genitori.

Suo padre, Filippo d'Orléans, era il fratello minore del Re. Aveva sposato, ancora giovanissimo, la principessa Enrichetta d'Inghilterra, che aveva solo diciassette anni. Ma i due giovani non erano mai andati d'accordo. Avevano litigato spesso e aspramente. Poi dieci anni più tardi Enrichetta era morta a causa di una violenta malattia.

A parte le discussioni e le liti con la prima moglie, *Monsieur* era una brava persona. Era affettuoso con la figlia nata dal primo matrimonio. Si era risposato con una principessa d'origine tedesca, *Madame*. *Madame* era buona e premurosa con la figliastra, ma una matrigna non è una mamma e Maria Luisa si era sempre sentita sola, all'interno della famiglia.

Ebbene, tutto questo era molto triste...

«Vedrai...» aggiunse Costanza «*Mademoiselle* è dolce e gentile. Non cerca mai di imporsi su nessuno, ma ha una volontà d'acciaio. Credo che, se fosse necessario, sarebbe forse la sola persona di questa Corte capace di dire "no" in faccia al Re».

Intanto, erano le tre del pomeriggio. Quale compito ci spettava?

«Nessuno» mi disse Costanza. «Nei giorni normali questo è per noi un momento di riposo. Maria Luisa fa la siesta, o almeno dice di fare la siesta per poter leggere in santa pace e stare tranquilla senza nessuno intorno».

«E tu, cosa fai a quest'ora?».

«I miei esercizi di musica».

Indovinai, da una leggera inflessione della sua voce, che se fossi rimasta le avrei dato fastidio. Non doveva farle piacere che qualcuno ascoltasse mentre studiava. Ma per delicatezza, non me l'avrebbe mai detto. Non si prendeva il diritto di mettermi fuori da una camera che per metà era mia.

In realtà, la cosa capitava a proposito perché io avevo una gran voglia di andare a prendere un po' d'aria.

Queste storie di persone che si sposavano, che si risposavano, di figli nati fuori dal matrimonio, di cui avevo fatto indigestione dal mio arrivo e che sembravano appassionare tanto tutti quanti, cominciavano ad annoiarmi profondamente.

Era ora di passare alle cose serie. La mia spada rischiava di arrugginire nel suo fodero e il mio braccio ancora di più. Era tempo di trovare quel posto dove allenarmi in pace a cui non avevo mai smesso di pensare da quando avevo lasciato Potimaron.

«Vorrei vedere i giardini. È permesso?».

Costanza sembrò stupita.

«Da sola? Oh no! Per uscire noi dobbiamo essere accompagnate da una dama adulta. O almeno essere in due...».

«Ma i ragazzi della nostra età hanno il diritto di passeggiare da soli?».

«Credo di sì… A volte vedo dei paggi da soli nel parco o sulle terrazze».

«Perfetto!».

Mi tuffai nel mio baule e ne tirai fuori uno dei miei vestiti da ragazzo. Scivolai dietro il grande paravento della nostra stanza. Mi levai il vestito color albicocca. Lo appesi a una stampella e lo lisciai con la mano perché non si sgualcisse. Per il momento, era il mio vestito migliore. E poi mi era molto caro, mi parlava di Potimaron, della mia camera, del grande armadio con il buon odore di legno di noce e dei sacchetti di lavanda, mi ricordava le domeniche con mio padre… Infilai le calze, la camicia e il farsetto. Mi legai i capelli da maschio, con un nodo sulla nuca, poi uscii da dietro il paravento, tenendo in mano gli stivali, la spada e il cappello.

Costanza spalancò gli occhi.

«Ma… cosa…?».

Mi sedetti per terra per infilare gli stivali.

«Vado a spasso».

«Tu…?».

«Mi hai detto che ai ragazzi è permesso, non è vero?».

«Ma… tu…».

«Sì?».

«Lasci Tancrediglio con me?».

«Ti dà fastidio?».

«No, ma che devo fare se diventa triste?».

Osservai il mio coniglio. Aveva trovato un posticino

comodo sul davanzale della finestra. Stava sdraiato in una chiazza di sole, con le zampe raccolte, gli occhi mezzi chiusi, ne socchiudeva uno solo, di tanto in tanto per sorvegliare il suo mondo.

«Non è mai triste a quest'ora» la rassicurai.

I giardini erano magnifici, ma compresi subito che non poteva essere quello il posto tranquillo che cercavo.

Troppa gente. Troppi cortigiani che non avevano niente di meglio da fare che guardare gli altri dall'alto in basso e in particolare i giovani paggi che si erano allontanati dai loro compagni.

Tuttavia, dietro il labirinto, circondata da un fitto boschetto, una radura al riparo dagli sguardi attirò la mia attenzione. Alcune tracce di passaggio nel folto della macchia mi mostrarono che talvolta qualcuno ci veniva. Troppo rischioso... peccato.

Tentai la fortuna dal lato delle scuderie. Forse poteva esserci da qualche parte una stalla libera!

Il luogo mi lasciò incantata. Non avevo mai visto una scuderia così vasta né cavalli tanto belli. Ne carezzai qualcuno. Annusai il loro odore. Per tutti i diavoli che voglia avevo di cavalcare!

Calipso, la mia giumenta, mi mancava... Un giorno, quando Maria Luisa fosse stata contenta di me – quando ci saremmo conosciute meglio – le avrei chiesto il permesso di farla venire qui. Mio padre sarebbe stato felice di portarmela... e di avere un pretesto per venirmi a trovare.

Mentre facevo questi bei progetti, non trovai nessun luogo che servisse al mio scopo. Da queste parti non si scherzava con il lavoro: c'era un via vai continuo di stallieri e palafrenieri... E intanto il tempo passava. Era ora di riprendere il mio ruolo di damigella d'onore.

Raggiunsi l'ala del palazzo dove si trovavano gli appartamenti di *Mademoiselle*. Noi abitavamo al primo piano. L'appartamento di Maria Luisa e del suo seguito di dame si apriva su un bel pianerottolo dalla balaustrata di marmo.

Improvvisamente mi venne voglia di vedere dove portava quella scala che si slanciava verso l'alto al di sopra delle nostre stanze.

Solo uno sguardo veloce, non ci avrei messo molto... Superai il secondo piano senza fermarmi. Era certamente abitato e non volevo che mi si facessero domande.

Al terzo piano, il soffitto era più basso e le porte di legno non erano verniciate; ero senza dubbio nella zona riservata ai valletti e le cameriere. Poco oltre, lo scalone diventava una scala stretta e ripida.

La salii senza far rumore. Mi trovai davanti una porta gonfia per l'umidità, chiusa ma non a chiave. La scossi, spingendo forte. Si aprì. Penetrai in un vasto granaio. Ero sotto i tetti di Versailles in un ambiente immenso e silenzioso.

Il sole del pomeriggio penetrava da grandi finestre rotonde e riempiva lo spazio di una luce dorata. Il pavimento era liscio e stabile sotto i piedi. Sguainai la spada, misi i piedi in posizione, drizzai le spalle, salutai un avversario immaginario e feci tre passi d'assalto in avanti. Poi, tre passi indietro, immaginando di avere a che fare con uno spadaccino di valore.

Per tutti i diavoli, come mi divertivo!

Riposi la spada nel fodero. Era ora di tornare, o sarei arrivata in ritardo.

Finalmente avevo trovato il mio spazio segreto.

4

Sorvegliata SPECIALE

La mattina, Maria Luisa ascoltava la messa alle sette, e tutte noi, dame d'onore, con lei.

Sì, a Versailles andare a messa tutti i giorni era più che obbligatorio. E *Mademoiselle* diceva che pregava meglio nella solitudine del mattino.

All'inizio, trovai faticosa quest'abitudine che ci faceva alzare all'alba e restare a stomaco vuoto fino al ritorno nelle nostre stanze. Perché, no, non si può proprio fare la comunione a stomaco pieno. Ma capii ben presto il vantaggio di questa pratica mattiniera: ci evitava la messa solenne del Re alle undici, che durava un'ora e mezza e in cui si accalcava tutta la Corte.

Maria Luisa non aveva un particolare desiderio di incontrare la sua famiglia, viceversa, apprezzava molto la natura e le passeggiate a piedi. E questo andava benissimo anche a me. Camminava velocemente e ci trascinava in lunghi giri nel parco di Versailles. In genere, eravamo accompagnate o, piuttosto, guardate a vista, dalla sua prima dama d'onore, Madame de Soulencourt.

Madame de Soulencourt mi detestò dalla prima occhiata. Io la ricambiai di tutto cuore.

Quando le fui presentata, lessi nel suo sguardo: "Ragazza allevata con deplorevole indulgenza. Spirito ribelle. Diffidare e sorvegliare con particolare attenzione. Domarla appena possibile".

Dal canto mio, io pensai, abbassando gli occhi perché lei non potesse tacciarmi d'insolenza: "Tu fai la gentile, con i tuoi modi affettati, ma non ami che te stessa e non ti preoccupi d'altro che di conservare la vita comoda che fai qui".

Avevamo fatto conoscenza. Nella tranquillità della nostra camera, interrogai Costanza.

«Ma l'avremo sempre addosso, questa Soulencourt?».

«Sì. È così che vanno le cose qui a Versailles, quando siamo sotto gli occhi del Re. Devi capire che Maria Luisa è la prima principessa di sangue reale, perché le tre figlie che il Re ha avuto dalla Regina sono morte piccolissime. Il Re tollera lo spirito indomabile della nipote, ma esige che la sua condotta sia irreprensibile. A questo provvede Madame de Soulencourt».

«Dunque, non c'è modo di sfuggirle».

«Sì, invece. *Madame*, la matrigna di Maria Luisa, non ama la vita di Versailles. Appena può, va a casa sua, nel castello di Saint-Cloud, e ci porta con lei. *Madame* non ha particolare simpatia per la Soulencourt, così trova spesso un buon motivo per mandarla in vacanza o altrove... Credo che ti troverai bene a Saint Cloud: lì possiamo fare quello che vogliamo o quasi».

Avevo capito come funzionava la faccenda: quando Madame de Soulencourt, l'occhio del Re, era presente, si rigava dritto; ma in sua assenza, i topi ballavano.

Semplice, no?

Costanza era della casata dei Sainte-Austreberthe, apparteneva quindi alla più illustre e antica nobiltà di spada della Normandia.

Il primo dei Sainte-Austreberthe morto al servizio del suo Re risaliva al regno di Luigi VI il Grosso. Anno millecento e qualcosa. Un combattimento contro gli Inglesi. Una freccia nella fessura della corazza di maglia. Inizio della gloria familiare. A forza di farsi uccidere di regno in regno, i Sainte-Austreberthe avevano ottenuto una fama immensa e... perso tutte le loro proprietà. Avevano conservato solo un grande castello, dove il tetto crollava da tutte le parti e dove le duecentosettanta finestre avevano urgente bisogno di vetri nuovi. Costanza era la terza di dieci figli.

«Io non avrò nessuna dote e quindi, senza dubbio, non mi sposerò mai; è questa la sorte delle ragazze nobili senza un soldo» mi spiegò Costanza. «Ma in fondo, per me, questa forse è una fortuna: io voglio diventare una compositrice. Un marito avrebbe il diritto di impedirmi di dedicarmi alla mia musica...».

Mi raccontò gli sforzi dei suoi genitori per contrastare le avversità quotidiane e il loro perenne buon umore di fronte a preoccupazioni altrettanto perenni: una crepa in più ogni giorno, il tetto che perde le sue lastre di ardesia, la pioggia che si infiltra nel granaio, i fossati che traboccano... E che prodigi di inventiva erano stati necessari per comprare quel bel vestito color castagna, degno di essere indossato a Versailles... Ma io, io avevo del denaro: Annie copriva tutte le mie spese e mio padre, per placare la sua ansia di avermi lasciata sola ad affrontare il mio destino, mi aveva dato ben più del necessario. Mi ripromisi di aiutare Costanza, anche di nascosto, se necessario.

Intanto erano quasi le tre, l'ora del riposo della mia buona principessa. E (per nostra fortuna!) anche la Soulencourt faceva la siesta.

Eh sì, la messa, la mattina presto, è stancante...

Non vedevo l'ora di tornare nel mio rifugio segreto sotto i tetti. Tirai fuori di nuovo i miei abiti da ragazzo. Ormai li nascondevo. Ma soprattutto nascondevo le spade... sul più alto ripiano del nostro guardaroba, dietro una pila di coperte. Madame de Soulencourt mi sembrava capacissima di venire a frugare tra la nostra roba, in nostra assenza.

Per raggiungere il mio nascondiglio, bisognava salire su una sedia e poi su un poggiapiedi collocato sulla sedia.

Era veramente poco stabile, dovevo trovare un posto più sicuro. Mi vestii, mentre Costanza accordava i suoi strumenti.

«Ti dispiace se ti lascio Tancrediglio?» domandai.

«Niente affatto, e... sai una cosa? Credo che il tuo coniglio sia un po' musicista. Sembra veramente che mi stia ad ascoltare quando suono».

«Naturale! Il mio coniglio ha buon gusto. Anche a me piace sentirti suonare».

«Sì, ma a me non piace che tu sia presente quando suono male. Tancrediglio mi mette meno a disagio... Ti suonerò il mio pezzo quando sarò sicura che sia pronto».

Decisamente, si stava proprio bene nel sottotetto.

A Versailles, si era, sempre e ovunque, sotto lo sguardo di qualcuno: tutti osservavano tutti. Sotto il tetto, mi sentivo a casa mia, in pace come a Potimaron.

Le grosse travi sprigionavano un forte odore di legno e di resina. Un odore che amavo. L'aspirai a lungo, come fosse un profumo prezioso.

Il sole già caldo batteva sul tetto. Aprii una delle finestre ovali, una brezza leggera venuta dal parco penetrò nel granaio.

Mi spinsi fuori cercando di capire dove mi trovavo esattamente. Vidi in basso il grande cortile con il suo abituale via vai di cortigiani, carrozze e muratori.

Dunque io ero proprio in cima alla parte più centrale del palazzo, chiamata il Castello Vecchio.

Esplorai anche l'interno. Al fondo del granaio, nel luogo più oscuro, erano stati depositati mobili inutili, vecchi cassettoni polverosi, sedie dalle tappezzerie stinte, quadri sbiaditi voltati verso il muro. Un cumulo di anticaglie, nient'altro. Non vi dedicai nessuna attenzione.

E non avevo molto tempo. Per tutti i diavoli, ero lì per lavorare!

Tornai verso la zona illuminata, vicino alle finestre, a cui avevo dato il nome di "area di allenamento". Aprii un'altra finestra per far entrare più aria. Mi levai il farsetto e, con un gesso, cominciai a tracciare sul pavimento i punti di riferimento.

Una pista di scherma misura quattordici passi di lunghezza. Linea di avvertimento a due passi. Linea di guardia a cinque passi.

Rialzai le maniche della camicia, sguainai la spada e mi misi in posizione, col busto dritto e girato di profilo, le spalle allineate. Salutai il mio avversario virtuale. Ad alta voce, mi detti gli ordini:

«Signori, ai vostri posti! In guardia. Pronti. Via! Un-due-tre-quattro! Un-due-tre-quattro! Attacco a destra-parata-indietro-risposta!».

Da sola e senza maestro di scherma, avevo scelto un esercizio semplice. Ma mi applicai totalmente. Il sudore cominciò a scorrermi sulla fronte e a inumidirmi la schiena. Un-due-tre-quattro! Attacco-parata-indietro-risposta!

«*Monseigneur*!» fece improvvisamente una voce dietro di me. «Credo che qui ci sia un intruso».

5

Nobiltà
E CAVALLERIA

Mi voltai di scatto come se fossi attaccata alle spalle.

Mi ritrovai con la spada in mano di fronte a un gruppo di ragazzi che, troppo presa dai miei esercizi, non avevo sentito arrivare.

Erano cinque. Mi osservavano senza simpatia. Tre di loro erano più alti e più grandi di me. Due, tra cui il piccoletto bruno che aveva parlato, potevano avere la mia età. Evidentemente questo granaio era loro. Insomma, avevo appena invaso il territorio di una banda… Sola contro cinque.

Per essere la mia prima settimana a Versailles, si poteva dire che ero andata fortissimo.

E perché il brunetto aveva detto "*Monseigneur*"? *Monseigneur* è il titolo che si dà ai principi di sangue reale. Uno di loro era forse cugino o nipote del Re? O era un soprannome?

«Sono arrivati i pidocchiosi...» osservò il piccoletto guardandomi nel modo più sprezzante. «Rinfodera quella spada, zoticone! Nessuno impugna un'arma in presenza di *Monseigneur* il Delfino senza suo espresso ordine. I maiali della fattoria dove sei nato non ti hanno insegnato che ci si ritrova alla Bastiglia per molto meno?».

Il Delfino! Ah, bene, perfetto.

Per quanto sgradevole fosse, quel brunetto aveva ragione e rimisi precipitosamente la spada nel fodero. È ovvio: è proibito sguainare un'arma in presenza del Re o di suo figlio! Ci sono stati abbastanza re assassinati nel corso dei secoli per insegnarci questa precauzione.

Ma chi fra loro era il Delfino? Erano tutti vestiti da cavalieri senza distinzioni particolari. Mi resi conto improvvisamente della disinvoltura elegante dei loro abiti, cosa che invece non mi aveva mai particolarmente colpito nel mondo femminile.

I tessuti avevano un aspetto pregiato e morbido. La pelle dei loro stivali e delle loro cinture era della migliore qualità. Per allenarmi io avevo indossato il mio completo più vecchio. I miei stivali, complici di tante fughe e avventure, erano di un cuoio spesso e graffiato in molti punti. Avevo l'aria di quello che ero: uno zoticone di campagna.

Mi sentii arrossire di umiliazione, e anche di collera verso quel piccolo arrogante che mi aveva gettato in faccia il mio aspetto come uno schiaffo.

«Perdonatemi, *Monseigneur*» mormorai rinfoderando la spada.

Avevo parlato a caso, in direzione del gruppo, non sapendo ancora chi di loro fosse il Delfino.

«Non c'è niente di male» rispose uno di loro. «Eravate tutto preso dal vostro allenamento. Vi abbiamo colto di sorpresa. Vi siete subito fermato. Non c'è stata alcuna minaccia. L'incidente è chiuso».

Era lui, dunque, il Delfino, Luigi di Francia. L'unico figlio del Re Sole. Un ragazzone biondo tranquillo e solido. Sapevo che aveva quindici anni, ma dimostrava una compostezza e una dignità superiori alla sua età. Mi aveva parlato senza sorridere, ma nel suo sguardo c'era una certa curiosità e allegria. Si stava burlando anche lui del mio aspetto (e in tal caso mi ero proprio coperta di ridicolo!) o aveva solo un buon carattere?

Non ebbi il tempo di approfondire il problema, il brunetto tornava alla carica.

«Cosa aspetti per svignartela, puzzolente zoticone? *Monseigneur* ha detto che ti perdona! Vuoi forse mettere radici qui?».

Senza dubbio, avrei dovuto andarmene. E scusandomi una volta di più con il Delfino. Ma l'insolenza di quel presuntuoso mi esasperava, come pure il piacere che dimostrava nell'umiliarmi sempre di più. Non avevo nessun motivo per lasciarmi trattare così. E davanti al Delfino, per di più.

Cosa avrebbe detto mio padre se mi avesse vista in questa situazione?

«Signore...» replicai «è la seconda volta che mi insultate. La prima volta, passi, perché avevo il torto di trovarmi qui e con la spada in mano. Ma questa volta è troppo. Forse sono arrivato a Parigi da poco, ma sono un gentiluomo come voi. Vi domando di ritirare le vostre ultime parole».

Questo nobile discorso era inutile e abbastanza ridicolo, me ne rendevo conto perfettamente, ma ero troppo orgogliosa per accettare di andarmene a testa bassa. Volevo forse che il Delfino conservasse di me il ricordo di una fuga vergognosa e disonorevole?

«È la parola puzzolente che vi dispiace?» replicò instancabile il mio persecutore. «Secondo me, non c'è offesa in questa parola. Voi venite dalla campagna, l'avete detto voi stesso. E in campagna, non si può andare da nessuna parte senza camminare nel letame. Non è colpa vostra».

Immediatamente, tutti abbassarono gli occhi sui miei stivali, come per cercarvi tracce di letame. Erano stivali puliti, per niente sporchi di fango, ma il contrasto con le meravigliose calzature di cuoio lucido che tutti loro portavano fu come un'ingiuria in più.

Era con l'arte di insultare il prossimo che ci si faceva largo a Versailles? Fissai il galletto negli occhi:

«Si dice che vostra madre non ci veda bene, ed è una fortuna per lei perché sarebbe svenuta dall'orrore il giorno della vostra nascita scoprendo il vostro brutto muso».

Era sciocco, insensato e gratuito. Esattamente l'effetto che cercavo.

Il sorriso soddisfatto del brunetto sparì all'istante.

«In fede mia, *Monseigneur*... questa è un'offesa!» s'indignò.

«Offesa, sfida e provocazione in pubblico» aggiunsi io. «Ora siamo pari. Ma siete voi che avete cominciato».

Tutti gli sguardi si volsero verso il Delfino, come per chiedere il suo giudizio.

«In effetti...» confermò il Delfino «c'è stata offesa da parte di entrambi, per un motivo molto piccolo, direi quasi inesistente; e siete voi, Lavardin, che avete cominciato. Propongo che tutti e due ritiriate le vostre insolenti parole e che la faccenda si chiuda così».

«Io mi rifiuto!» esclamò Lavardin (adesso conoscevo il suo nome). «Ha coinvolto nell'offesa mia madre».

«E voi, avete offeso tutta la mia famiglia e quindi mio padre» risposi. «Anch'io mi rifiuto di porgervi le scuse».

Quello che c'è di particolarmente stupido in questo tipo di provocazioni, è che diventa impossibile mostrarsi disposto a calmare la situazione senza dare l'impressione di mancare di coraggio.

«Ci tenete veramente a battervi per una questione da niente?» insisteva il Delfino.

«Sì» rispose Lavardin.

«Non è una questione da niente, *Monseigneur*» replicai. «Sono a Versailles solo da una settimana e sono stato appena umiliato crudelmente e senza motivo in vostra presenza. Se non mi batto, non potrò mai più guardarvi in volto. Non potrò che tornare a casa a nascondere la mia vergogna».

Il Delfino e i suoi amici sembravano apprezzare i nobili sentimenti della cavalleria, perché credetti di percepire in loro una certa approvazione nei miei confronti. Avevo resistito alla prima prova, quella dell'intimidazione. Persino Lavardin adesso mi osservava con una considerazione pari al disprezzo che aveva mostrato fino ad allora.

Che strano ragazzo! Bisognava che io accettassi di infilzarci l'un l'altro perché lui mi accordasse la sua stima? Scoprii in quel momento che ignoravo tutto dei maschi.

«Avete coraggio» disse il Delfino. «Come vi chiamate?».

Mi inchinai: «Gabriele di Potimaron, *Monseigneur*. Sono paggio di Maria Luisa d'Orléans».

Sì, va bene, d'accordo! Ma bisognava pur trovare qualcosa da rispondere... E, cosa strana, senza che capissi bene perché, il nome della mia padrona suscitò subito in loro un vero interesse, in particolare quello del Delfino che mi scrutò con ancor maggiore attenzione. Uno dei ragazzi sembrò stupito e mi domandò:

«*Mademoiselle* ha dei paggi, adesso?».

Affermai con fermezza:

«Da una settimana ha me».

In fondo, non era una bugia.

Potevo essere damigella d'onore quando portavo la gonna, e paggio quando ero in stivali e farsetto. Poteva funzionare.

«Da qualche tempo *Mademoiselle* ha una damigella d'onore che si chiama Eulalia di Potimaron» intervenne il Delfino. «Appartenete alla sua famiglia?».

Gesù Signore!

Il Delfino sapeva della mia esistenza! Come era possibile? A parte Maria Luisa, Costanza e Madame de Soulencourt, nessuno a Versailles doveva aver ancora registrato la mia modesta presenza... Restai un attimo ammutolita, ma finii per rispondere:

«Sì, *Monseigneur*».

Era la verità: io certo appartenevo alla mia stessa famiglia.

Ma in quell'istante, Lavardin fece due passi avanti, col cappello in mano:

«Mi chiamo Marc de Lavardin. Se siete d'accordo, avrò l'onore di affrontarvi qui, domani, alle tre. Avete qualcuno che può farvi da secondo?».

Decisamente, questi ragazzi adoravano esibire una cavalleria un po' teatrale.

«Sarà Madamigella di Sainte-Austreberthe» risposi. «È la sola persona che conosco abbastanza per chiederle questo favore».

I miei interlocutori mostrarono un certo stupore.

«Una ragazza può fare da secondo in un duello, *Monseigneur*?».

«Non c'è nulla che lo vieti» rispose il Delfino. «C'è un precedente: il Connestabile di Joyeuse, in un famoso duello che si svolse nei fossati del castello di Blois, ebbe come secondo la sua sposa. Anche Madame de Joyeuse impugnò la spada e addirittura sconfisse il suo avversario».

«In tal caso...» fecero tutti.

Questo episodio mi fece piacere, c'era una cosa però che mi preoccupava: avevo nascosto di essere una ragazza. C'erano forse delle regole particolari per le ragazze in fatto di duelli? L'esempio di questa Dama di Joyeuse sembrava indicare di no.

Ma il tempo passava e bisognava che tornassi da Maria Luisa prima che la Soulencourt si accorgesse della mia assenza. Presi congedo.

Il Delfino fece qualche passo con me, allontanandosi dagli altri. A mezza voce, mi raccomandò:

«Tranne che al vostro secondo, non parlate dell'incontro di domani: i duelli sono proibiti... E, un'altra cosa ancora: non dite a nessuno che i miei amici ed io ci riuniamo in questo luogo».

Feci un breve cenno col capo:

«Contate sulla mia discrezione, *Monseigneur*».

Esitò un istante, cercando le parole e – mi sembrò – raccogliendo tutto il suo coraggio. Alla fine si decise:

«Vedrete *Mademoiselle* questa sera?».

Parlava a voce ancora più bassa. Eravamo arrivati a bisbigliare.

«Senza dubbio» risposi, anch'io a voce bassissima. «Il mio servizio sta per riprendere».

«Se la vedete da sola – intendo veramente da sola, in modo che nessuno possa sentire tranne lei – vorreste trasmetterle un messaggio da parte mia?».

«Beninteso, *Monseigneur*».

«Ho la vostra parola che manterrete un assoluto silenzio su tutto ciò?».

«Sarò una tomba, *Monseigneur*. Sul mio onore di gentiluomo!».

«Allora ditele che Luigi le invia l'espressione del suo infinito rispetto».

6

Come una puntura DI VESPA

Scesi lo scalone saltando i gradini due a due. A rigor di logica, avrei dovuto essere costernata perché avevo serie probabilità di ritrovarmi ferita, forse gravemente, nel giro di ventiquattro ore.

Conseguenze: sangue, dolore, tragedia, cacciata quasi certa da Versailles, costernazione di mio padre, di Annie e di Costanza e segreto trionfo di Madame de Soulencourt.

Cercai di prefigurarmi tutte le possibili catastrofi, ma non riuscii a spaventarmi veramente. Questa avventura, il Delfino e quei ragazzi romantici che amavano tanto le storie dei cavalieri mi piacevano... Versailles si stava rivelando meno noiosa del previsto.

E dire che Annie mi aveva descritto le persone che ci abitano come "normali e civilizzate"...

In questo luogo tutto ispirato alla modernità, alle nuove costruzioni e al desiderio di novità, ero riuscita a trovare gli ultimi innamorati dell'ideale cavalleresco. Che fortuna!

«Ma come!» Costanza non trovava niente di esaltante nella mia storia. «Quello stupido ti ha offesa, e tu, che non volevi essere da meno, gli hai anche risposto... e domani vi batterete con la spada, a rischio che uno di voi venga ucciso, mentre tutti e due meritate, tutt'al più, un bel paio di schiaffi!».

Mi fermai un momento a riflettere.

«In un certo senso, sì, è esattamente così... ma, sai, davanti al Delfino, mi era impossibile fare altrimenti».

«Non potevi semplicemente andartene? "Scusate il fastidio, non vi disturbate, conosco la strada, buona sera a tutti, signori..."».

«Le regole della cavalleria sono stupide, ma esistono. Che mi credano ragazza o ragazzo, un giorno o l'altro avrebbero saputo di certo che appartengo a *Mademoiselle* e tutto il suo casato sarebbe stato umiliato».

Costanza non rispose nulla. Continuai:

«Non ho nessuna intenzione di uccidere Marc de Lavardin. E sono sicurissima che la pensa così anche lui. Dobbiamo dimostrare reciprocamente di avere coraggio affrontandoci in un duello, ecco tutto».

«Fino al primo sangue, sì, lo so... Ma quando due idioti si battono con ferri appuntiti, gli incidenti possono succedere. E le ferite poi si infettano. Si può anche morire per delle storie così stupide».

«Tu mi accompagnerai, vero?».

«Naturalmente. Ora che il guaio è fatto, bisogna andare. Il litigio è segreto, ma nessuno deve neppure sospettare che nella casata di *Mademoiselle* ci siano dei vigliacchi...».

In fondo, malgrado tutta la sua serietà, Costanza aveva un cuore da moschettiere ancor più di me.

Il mio primo duello ebbe luogo l'indomani alle tre.

Avevo indossato il mio miglior completo da ragazzo e lucidato gli stivali fino ad avere il braccio indolenzito. Avevo fatto brillare col bianco di Spagna la mia spada da combattimento, che avrei impugnato per la prima volta.

Costanza aveva messo l'abito e il cappello da cacciatrice per sentirsi più a suo agio in un ambiente maschile.

Gli avversari ci attendevano, pronti e impettiti, con l'espressione seria delle grandi occasioni.

Il Delfino presentò i suoi tre compagni di cui non sapevo ancora il nome: «Monsieur de Chalamar, Monsieur d'Us, Monsieur de Saint-Aubin».

A mia volta feci le presentazioni: «Madamigella di Sainte-Austreberthe».

Costanza fu accolta con grande rispetto. Il suo nome figurava nella storia delle Crociate e a fianco della maggior parte dei Re di Francia nelle loro imprese militari.

Ad un tratto mi resi conto che grande fortuna era per me averla accanto, la mia cara musicista che aveva scambiato la spada dei suoi antenati con le sei corde di una chitarra!

Furono messe a confronto le nostre lame: erano della stessa lunghezza.

Lavardin era più smilzo di me, il che poteva darmi un leggero vantaggio di potenza. Abbiamo levato i nostri farsetti, poi, in maniche di camicia, ci siamo messi in posizione. Ci siamo salutati, con l'elsa della spada davanti al viso.

Il giorno precedente avevo provato una leggera eccitazione e, la notte, avevo dormito abbastanza bene. Ma, dal risveglio, l'emozione non aveva fatto che aumentare. Non era proprio paura... insomma, non credo... Piuttosto un po' di tremarella, una sensibilità esasperata... Per tutta la mattina avevo cercato di concentrarmi unicamente sul duello. Mi ero ripetuta più volte, fino al momento di prendere posto: "Non devo pensare a nient'altro che alla tecnica e dar prova della mia abilità".

Chalamar, che dirigeva l'incontro, ordinò:

«Signori, tenetevi pronti».

Un tuffo al cuore. Mi imposi di respirare lentamente e profondamente. Non guardai in faccia il mio avversario, non era il momento, sapevo che questo avrebbe fatto nascere pensieri inutili e attimi di distrazione, concentrai invece lo sguardo sull'estremità della sua spada. Era quello il punto che doveva ormai attirare tutta la mia attenzione.

«In guardia».

Solo la punta della spada, e poi il braccio dell'avversario e la posizione del suo corpo nello spazio.

«Avanti!».

Lavardin attaccò immediatamente, astuto e rapido come una vespa. Ma me l'aspettavo, avevo previsto che quel galletto fosse un fascio di nervi. Risposi a due affondi *pif*, *paf*, ma il terzo arrivò così veloce che ebbi appena il tempo di schivarlo. Non del tutto, evidentemente, perché sentii qualcosa alla spalla. Non ebbi il tempo di domandarmi se ero ferita perché il mio avversario nel frattempo aveva commesso l'errore di portarsi troppo avanti. Me ne accorsi e fui sicura che per portare a segno la mossa successiva, lui non avrebbe fatto in tempo a rimettersi in guardia.

Era la mia occasione. Non ebbi alcuna incertezza: con tutta l'energia e la determinazione, mi protesi in avanti e affondai il colpo. La punta della spada toccò il mio rivale all'avambraccio.

«Il duello è concluso» disse la voce di Chalamar. «Vogliate rimettere le armi nel fodero».

Il duello tra Madamigella di Potimaron e il Monsieur de Lavardin sotto i tetti di Versailles era durato in tutto quindici secondi. Le nostre spade si erano toccate sei volte.

Risultato: due ferite per cui il Re di Francia non avrebbe rischiato di perdere prematuramente due giovani e leali sudditi. Avevo sempre immaginato che un duello durasse a lungo, con la crescente fatica di entrambi i combattenti, e che a prevalere fosse chi resisteva di più allo sfinimento...

La Connestabile di Joyeuse era stata rapida come me?

Non potei impedirmi di osservare ad alta voce:

«Capita spesso che un duello sia così breve?».

«A volte» rispose il Delfino.

Cominciai solo allora a rendermi conto che era tutto finito e a provare un intenso sollievo, innanzi tutto perché né Lavardin né io ci eravamo fatti male veramente, e anche perché avevo resistito fino alla fine della prova.

Si procedette allora al rito della cura delle ferite. Costanza strappò la manica della mia camicia. La spada di Lavardin mi aveva sfiorato la spalla destra, portando via un po' di pelle e facendo apparire due o tre gocce di sangue. Non si poteva neanche chiamarla una ferita, era appena un graffio. Costanza inumidì la stoffa con un'acquavite di cui Chalamar aveva portato una bottiglia e la usò per medicarmi la spalla. Bruciava maledettamente, ma beninteso – era il minimo – dovevo restare impassibile.

Cercai anche di sorridere, ma ovviamente fu un sorriso un po' forzato.

Poi Costanza completò la medicazione stringendo il suo fazzoletto come se avesse dovuto fermare un fiume di sangue.

Monsieur d'Us intanto faceva lo stesso con Lavardin. La sua ferita era più profonda della mia. Ma ben innaffiata di acquavite e coperta a dovere, smise di sanguinare, cosa che rassicurò tutti e me soprattutto.

Il Delfino e Chalamar, che sembravano intendersi di primi soccorsi, controllarono che fosse in grado di muovere tutte le dita della mano.

Grazie a Dio, non gli avevo fatto nulla di grave, e soprattutto né i nervi né i tendini erano stati toccati. Costanza aveva ragione: i duelli sono stupidi e pericolosi.

Ci restava un ultimo rituale da onorare. La bottiglia di acquavite fu passata a Marc e a me: dovevamo bere a turno uno o due sorsi, direttamente dalla bottiglia per suggellare la nostra riconciliazione.

Marc prese la bottiglia con la sinistra, dato che la destra per alcuni giorni sarebbe stata inutilizzabile, e buttò giù il liquido ambrato tutto d'un fiato, senza batter ciglio e senza strozzarsi. Io non avevo mai bevuto niente di simile, ma difendevo l'onore della casa di *Mademoiselle* e non potevo neanche immaginare di essere da meno di lui.

Senza esitare, mandai giù due sorsi uno dietro l'altro. Per mille fulmini di mille diavoli! Ebbi l'impressione di aver inghiottito un vulcano in eruzione... La gola mi bruciava, mi salirono le lacrime agli occhi, il naso pizzicava come se un gigantesco starnuto stesse per farmi esplodere la testa. Cercai di resistere con tutte le mie forze. Era l'ultima prova: bisognava restare impassibili... Per fortuna questi fastidi sparirono da soli abbastanza presto. Anche prima di quanto mi aspettassi. Non mi restò che una vaga nausea e una strana voglia di ridere senza motivo.

Incrociai lo sguardo di Marc, che mi fece un gran sorriso. Poi quello di Costanza, anche lei sorrideva. Io ricambiai.

«Puzzolente!» mormorò Lavardin, come per chiudere il nostro litigio.

«Nanetto!» risposi io, smettendo finalmente di trattenere le risate.

E così era tutto finito. Per mille diavoli, quante storie per suggellare un'amicizia e per provare che quanto a coraggio le dame d'onore di *Mademoiselle* (o i suoi paggi, non sapevo più bene cosa fossi), non erano da meno dei compagni di *Monseigneur*!

Prima di separarci, il Delfino mi trascinò in disparte.

«Avete potuto trasmettere il mio messaggio a *Mademoiselle*?».

«Sì, *Monseigneur*».

«Eravate soli?».

«Completamente soli. Prima di dormire, lei gradisce bere una tisana di fiori d'arancio. Gliel'ho portata io. In quel momento le ho ripetuto le parole di *Monseigneur*».

«Ha detto qualcosa per me?».

«No, *Monseigneur*».

«Ah...».

Luigi di Francia sapeva ben controllare le sue emozioni, ma io compresi – non era molto difficile! – che la sua delusione era immensa. Amava dunque sua cugina fino a questo punto?

Mi ricordai che si teneva informato di tutto ciò che avveniva accanto a lei. Aveva perfino saputo la data del mio arrivo, insomma, dell'arrivo di Eulalia... Presa dalla compassione, volli aiutarlo.

«*Monseigneur*, se posso osare...».

«Dite».

«Ebbene, la principessa mi ha ascoltato bevendo senza alzare gli occhi. Ma quando mi ha restituito la tazza, mi ha guardato bene in faccia e mi ha detto: "Vi ringrazio, Madamigella" con un'espressione di felicità che, secondo me, non aveva niente a che fare con quella tazza di infuso».

«Ha detto: "Vi ringrazio, Madamigella"?».

Mi corressi in fretta:

«Gabriele! Ha detto: "vi ringrazio, Gabriele!" Ma c'è un'altra cosa ancora…».

«Ditemi, presto!».

«*Mademoiselle* ha una carnagione ambrata, ma, quando ha ascoltato il messaggio di *Monseigneur*, è arrossita».

«È arrossita! Siete sicuro?».

«Quasi sicuro, *Monseigneur*».

«Oh, mio Dio!».

E Luigi di Francia che, invece, era biondo e di carnagione chiara, arrossì violentemente a sua volta, e nel suo caso non potevano esserci dubbi.

«Grazie…» disse. «La spalla vi fa soffrire?».

Ripresi immediatamente la mia aria spavalda da spadaccino:

«Appena un poco, *Monseigneur*. Non è che un graffio».

«Ascoltate, Eulalia. Ho capito malgrado tutti i vostri sforzi che Gabriele ed Eulalia sono una sola persona. Ma Gabriele o Eulalia che siate, avete dato prova del vostro valore. Volete essere uno dei miei compagni? Potete restare Gabriele, se preferite, ma sappiate che nulla impedisce che siate Eulalia anche in mezzo a noi.

«Accetto con riconoscenza, *Monseigneur*. E, se posso scegliere, preferisco restare Gabriele. Gabriele ha una libertà di movimento che a Eulalia è vietata. *Monseigneur* manterrà il segreto?».

«È il vostro segreto. E un segreto è sacro».

Adorabile Delfino!

Patto
DI SANGUE

Tornate nella nostra stanza, Costanza pretese di rifare la fasciatura e di applicarmi sulla ferita un olio di rosmarino che prometteva di fare meraviglie.

«Aaaahi! Pizzica! Devi proprio appoggiarti a corpo morto?».

«E tu devi proprio gemere come un'allodola? Ah, "lassù", era ben diverso… il cavaliere di Potimaron si sarebbe lasciato tagliare una gamba senza un gemito».

«Se avessi battuto ciglio, "lassù", non mi avresti più rivolto la parola per tutta la vita».

«Naturalmente! E poi dimentichi che perdendo il duello, avresti disonorato la casata di *Mademoiselle*».

«Ehi, vuoi fare più piano?».

«Ti ho appena sfiorata...».

Avevo buttato i miei abiti maschili dietro il paravento e indossato una camicia da ragazza. Ero seduta sul letto, con la spalla scoperta. Qualcuno battè due colpi rapidi alla porta e, senza aspettare risposta, entrò nella stanza. Era il modo di fare abituale della Soulencourt.

A volte mi domandavo perché si prendesse il disturbo di bussare.

Tancrediglio, che ha un fiuto eccezionale per il pericolo, sloggiò come un razzo e sparì sotto il letto. Lei non ebbe il tempo di scorgerlo.

«Madamigelle...» fece la Soulencourt «vi ho cercato poco fa e non c'eravate... E ora siete in ritardo! Siate sollecite a prepararvi, *Mademoiselle* esce a passeggio».

In quel momento, lo sguardo le cadde sulla mia spalla.

«Madamigella di Potimaron! Cosa vi è successo?».

Assunsi un'espressione angelica.

«Eravamo giù, sul prato, proprio davanti alle vostre finestre, per giocare con la racchetta... Ma non ci avete viste? Il volano si è impigliato in un ciliegio. Sono salita per riprenderlo, ma l'albero era stato potato da poco e un ramo tagliato storto mi ha provocato questo brutto graffio».

Questa spiegazione, che mi pareva perfettamente verosimile e innocente, la scandalizzò.

«Ma... ma da quando delle damigelle d'onore salgono sugli alberi? Che dirò al Re se viene a saperlo?».

Sbarrai gli occhi, stupita:

«Che c'è di male? Quel volano apparteneva a *Mademoiselle*, non volevo lasciarlo lì…».

«*Che c'è di male?* Ho sentito bene? Ma siete sciocca fino a questo punto? Non capite che, arrampicata su un albero, tutti i passanti – perfino le guardie e i valletti! – potevano vedere le vostre gambe e il rovescio delle vostre sottane?».

«Ma guarda, è vero…» risposi con aria ingenua «che avrei dovuto fare, allora?».

«Chiamare un giardiniere, è chiaro! E dirgli di andare a prendere il vostro volano con la sua scala. Quella gente è lì per questo».

«Vi prometto, madame…» dissi «che non lo dimenticherò».

Esitò un momento, cercando quale rimprovero potesse ancora rivolgermi, ma ci rinunciò, il tempo stringeva.

«Pronte fra cinque minuti!» ordinò voltandoci le spalle. «Se *Mademoiselle* dovrà aspettare per colpa vostra, passerete dei guai».

La sentii ancora brontolare al di là della porta a proposito di certe oche di campagna che le mandavano, così stupide e poco raffinate che bisognava insegnar loro tutto. Da parte mia, indirizzai alla sua schiena una serie di smorfie, a cui feci seguire, in camicia e con le gambe per aria – per l'appunto! – un ballo selvaggio, il più assurdo e indiavolato che potessi inventare.

Ma interruppi improvvisamente la mia danza irrispettosa e mi voltai verso Costanza. Per non scoppiare a ridere durante tutta la mia conversazione con la prima dama d'onore, si era obbligata a guardarsi i piedi.

«Ho avuto un'idea» le dissi.

Mi fece osservare:

«Siamo in ritardo».

«Non importa. Faremo presto. Stavo pensando a Lavardin… Ieri ci siamo insultati, eravamo pronti a saltarci alla gola. Ma siamo stati tutti e due feriti nel duello e questo ci renderà amici, credo per lungo tempo. Come nei patti di sangue!».

«Con l'unica differenza che i patti di sangue si possono fare una sola volta nella vita. E con una persona che si sceglie, non con qualcuno che si incontra per caso in un granaio e che ti tratta da zotico».

«Lo so benissimo! Lasciami finire… tu sei stata il mio secondo nel duello, era una cosa proibita, potevi per causa mia farti cacciare da Versailles e dare un grande dolore ai tuoi genitori. E a te stessa, perché ho ben capito che ciò a cui tieni di più qui dentro, è poter ascoltare la musica di Lully e di Charpentier. Hai rischiato di sacrificare tutto questo per me senza neanche porti il problema. La tua presenza mi ha impedito di aver paura nel momento critico. Mi hai curato quando ero ferita. Penso che nessuno potrà mai darmi tante prove di amicizia in un tempo così breve. Mi domandavo se tu volessi fare un patto di sangue con me».

Come sempre, la reazione di Costanza fu immediata.

«Hai ragione, ma facciamo presto».

Prese dal tavolo il coltellino che serviva per tagliare le penne d'oca, si rimboccò la manica e si fece una leggera incisione nel braccio... il sangue stillò immediatamente. Mi porse il coltellino. Era il mio turno. Le tesi l'avambraccio dal quale usciva qualche goccia rosso vivo. Col pugno chiuso, appoggiò il suo braccio contro il mio, formando una croce, la sua ferita contro la mia. Per un mezzo minuto il suo sangue e il mio si mescolarono e si unirono. Poi i due tagli stretti l'uno sull'altro, smisero di sanguinare. Il rito era compiuto.

Ero sconvolta dalla rapidità con cui Costanza aveva preso la sua decisione. Quando si trattava di dovere o amicizia, lei non esitava mai, non rimandava nulla a più tardi. Il pensiero di avere una amica come lei, mi emozionava.

Mi salirono le lacrime agli occhi. Costanza mi sorrideva.

«Adesso, siamo decisamente in ritardo» osservò.

8

Penso sempre A VOI...

Mio caro Padre…

Decisi di non parlare a mio padre del duello. In ogni caso, non nella mia prima lettera. Lui si sarebbe preoccupato, tormentato, avrebbe assillato Annie – che non era informata di nulla – con mille domande…

Sicuramente glielo racconterò! Ma più tardi, a voce, la prossima volta che ci incontreremo.

Quanto al mio ingresso nella società segreta del Delfino, questa era, per definizione, segreta.

Ripresi:

Mio caro Padre,

ora che ci vivo, vedo che Versailles non è un posto triste né noioso. Vi prego di dimenticare tutte le storie e le lamentele con cui vi ho angosciato prima della partenza, e vi ringrazio di avermi mandata qui. Ciononostante voi mi mancate molto, paparino caro, e non passa giorno che io non pensi a voi.

Eulalia

9

I ghiri
NEL GRANAIO

Fin dal mio primo giorno da damigella d'onore avevo capito che a Versailles l'unico momento veramente tranquillo della giornata è quello che segue il pranzo.

Il Re e la maggior parte delle persone importanti si ritirano nei loro appartamenti. La vita ufficiale della Corte sembra fermarsi. È l'ora degli innamorati, degli appuntamenti segreti e di tutte le attività che è meglio svolgere lontano dallo sguardo altrui.

Da *Mademoiselle*, ognuna di noi la trascorreva in modo diverso: Maria Luisa restava nelle sue stanze, Madame de Soulencourt faceva la siesta e Costanza si esercitava sui suoi pezzi musicali. E anche io avevo le mie abitudini.

Rivestita di nascosto dei miei abiti da ragazzo raggiungevo il Delfino e i suoi compagni nel granaio del Castello Vecchio.

C'era una persona da cui noi dovevamo guardarci con particolare attenzione – e quando dico "noi", intendo il Delfino e la sua società segreta – ed era il duca di Montausier, il tutore del Delfino.

Il duca era stato incaricato della sorveglianza del Delfino da quando egli aveva sei anni e, dal primo giorno, Montausier aveva raccontato al Re tutto quello che vedeva e sentiva. Peggio ancora della Soulencourt con Maria Luisa, insomma... Ma il duca stava invecchiando e anche lui apprezzava un momento di riposo dopo il pasto. Alle tre, il desiderio di dormire era più forte di lui, lo annientava.

Il sottotetto di Versailles era uno spazio di vera libertà. A parte noi, nessuno ci saliva mai, tranne, a volte, un operaio che veniva quando il vento aveva fatto cadere qualche lastra di ardesia. Leggevamo romanzi cavallereschi. Saint-Aubin, che era poeta, ci recitava i suoi versi. E ci allenavamo a batterci.

Amavo appassionatamente la scherma. Me l'aveva insegnata mio padre quando ero a Potimaron. Da lui avevo appreso che la scherma non è la tecnica di infilzare il prossimo, ma piuttosto un'arte, una morale e una filosofia.

I miei compagni della società segreta prendevano lezioni dai migliori maestri d'armi italiani e avevo molto da imparare da loro. Sarebbe piaciuto anche a me avere un maestro d'armi, ma questo desiderio non poteva essere che un bel sogno. Ero alla Corte per diventare una damigella raffinata e – non so perché – non era previsto che le fanciulle dovessero saper tirare di scherma... Anzi, sarebbe stata una cosa malvista. Immaginavo la faccia della Soulencourt se mio padre le avesse scritto per dirle che desiderava che io prendessi lezioni da un maestro d'armi italiano. "Povera me, cosa devo sentire! Non solo questa ragazza è incontrollabile, ma per di più ha un padre pazzo...".

Da qualche giorno, mi era venuta un'idea sulla quale ritornavo spesso. Attesi il momento in cui il Delfino era solo:

«*Monseigneur*, sapete che *Mademoiselle* ascolta tutti i giorni la messa delle sette del mattino?».

Naturalmente, io sapevo che lo sapeva. Era al corrente, ora per ora, di tutto ciò che faceva sua cugina.

«Lo so...» rispose «ma proseguite...».

«La cappella è quasi deserta a quell'ora, è un momento molto tranquillo e perfino piacevole».

Intendevo dire, e non era difficile da capire:

"Se anche tu, che ami tanto tua cugina, andassi a questa messa potresti passare trentacinque minuti vicino a lei. Trentacinque minuti in sua presenza! Trentacinque minuti guardandola, forse potendo sorriderle! E immagina la sua gioia! Che innamorato sei a non averci ancora pensato tu stesso?".

Luigi di Francia sognò ad occhi aperti per un attimo.

«Il Re…» spiegò infine «tiene ad avere la sua famiglia accanto, ogni giorno alla messa solenne delle undici».

«Anche Maria Luisa d'Orléans fa parte della stretta famiglia del Re».

«Mio padre è particolarmente indulgente con mia cugina».

«Potreste dire, *Monseigneur*, che voi pregate meglio nella solitudine del primo mattino…».

Era una scusa che funzionava benissimo, poiché era quella di *Mademoiselle*. Ed effettivamente: che cosa si poteva obiettare?

Luigi sorrise.

«Grazie Eulalia, potrebbe essere una buona idea, ci penserò. Ma adesso, voi, tornate alla vostra scherma, Chalamar vi aspetta».

Quando eravamo soli, il Delfino mi chiamava Eulalia, ma, nella società segreta, ero ufficialmente Gabriele.

I cinque membri del gruppo sapevano tutti perfettamente che Gabriele di Potimaron, paggio di *Mademoiselle*, era in realtà Eulalia di Potimaron, damigella d'onore di *Mademoiselle*.

No, non si può entrare in una società segreta facendosi passare per un'altra persona… Ma sapevano anche che il paggio Gabriele poteva muoversi a Versailles con quella libertà (e quindi poteva raggiungerli), che la damigella d'onore Eulalia non avrebbe mai avuto.

In qualche modo, Gabriele era il mio nome in codice fra loro.

Mi piaceva incrociare le armi con Chalamar. Era alto, tranquillo e flemmatico. La sua calma mi obbligava a imitarlo. Tirando di scherma, non mi faceva alcuno sconto perché ero una ragazza, ed era una cosa che apprezzavo.

Avevamo scambiato il saluto con le spade e preso posizione, ma, in quel momento, sentii nel granaio un rumore così strano che mi fermai di scatto.

Non era molto forte, ma si udì distintamente. Non c'erano parole per descriverlo. Forse una specie di sospiro, o un rantolo, o un'esclamazione soffocata... non avrei saputo dire da dove veniva quel suono, né cosa l'avesse provocato. Ma era così straziante, esprimeva un tale dolore, che fui invasa dalla sorpresa e da un'intensa emozione.

Restai immobile, con la spada alzata. Chalamar mi guardava, stupito.

Domandai: «Avete sentito?».

«Sì, mi rispose. E non è la prima volta. Senza dubbio è il legno delle travi che scricchiola».

«Trovate che somigli ad uno scricchiolìo?».

«No, per niente. Ma siamo sotto i tetti ed è la prima idea che mi è venuta».

In un angolo del granaio, erano accatastati dei vecchi mobili. Nessuno di noi si era mai interessato veramente a quelle anticaglie. Per la prima volta li osservai con una certa attenzione.

«Non avete l'impressione che il rumore sia venuto da quell'angolo?».

«È possibile. Questo vecchiume deve essere un rifugio ideale per dei topi. Può darsi che un ghiro si sia fatto la tana lì dentro, o una civetta».

L'idea mi piacque. E mi rassicurò. Perché se c'era un animale all'origine di quel rumore, non c'era più niente di misterioso. Una giovane civetta era forse intrappolata da qualche parte. Un giorno, a Potimaron, ne avevo liberato una, allargando col coltello il buco del suo albero... Proposi:

«Andiamo a vedere?».

C'era una credenza, enorme, come le facevano una volta, una dozzina di sedie antiche con lo schienale molto alto e le tappezzerie bucate da tutte le parti e un tavolo rotondo sbilenco.

«È vecchia questa roba» osservò Chalamar. «Epoca Enrico II, direi... È il tipo di mobili che si trova dai miei nonni».

Si abbassò per aprire i cassetti. Io spostai le sedie. Non c'era niente. Nessuna traccia di ghiri né di civette. Neanche un topolino grigio. Niente.

C'era anche un quadro poggiato per terra, girato verso il muro, talmente annerito dal tempo che l'immagine si distingueva appena. Uno specchio d'argento, antico, così appannato che non rifletteva più. E una serie di cornici senza doratura.

Chalamar, curioso, avvicinò il quadro a una finestra.

Ma, anche alla luce, non si vedeva granché. Tutto ciò che si poteva dire è che rappresentava due personaggi: uno, al centro, sembrava il soggetto principale; l'altro, di lato, un po' indietro, non era che il profilo di una figura. Non si distingueva nessun particolare dei visi. Ma la cosa sorprendente era la firma del pittore nel lato basso del quadro. Si era conservata netta e brillante. Era di un rosso scarlatto. Si poteva leggere senza alcuna difficoltà: Berengario di Antiochia.

«È un pittore noto?» domandai.

«Mai sentito nominare...» rispose Chalamar. «In ogni caso, non voleva che il suo nome venisse dimenticato: per la sua firma ha utilizzato la tinta migliore. Avrebbe dovuto usare colori simili per il resto del quadro».

Dall'altra estremità del granaio, Saint-Aubin ci chiamava.

«Avete finito di coprirvi di polvere spostando roba vecchia? Insomma, l'avete trovato questo ghiro?».

Aveva ragione. Il pomeriggio avanzava. Presto Madame de Soulencourt e Monsieur de Montausier sarebbero riemersi in superficie. Era tempo per noi di fare lo stesso.

«Niente da fare. Si nasconde bene il furbone...» concluse Chalamar rimettendo il quadro a posto.

10

La felicità ALL'ALBA

L'indomani mattina, entrando nella cappella, Maria Luisa ebbe una di quelle sorprese che sono così belle perché del tutto inattese. Suo cugino Luigi, il Delfino, era lì.

Già al suo posto, di fronte all'altare, cappello in mano, il viso serio come si conviene in chiesa, ma – senza dubbio perché cominciavo a conoscerlo bene – dal suo sguardo trapelava una gioia profonda.

Aveva con sé i quattro amici che erano ormai diventati anche amici miei, altri tre ragazzi che non conoscevo e l'onnipresente duca di Montausier. Eh già, quando il Gran Delfino si spostava ufficialmente, con lui si muovevano molte persone.

Il mio piano aveva funzionato! Luigi era riuscito ad alterare l'immutabile etichetta di Versailles. Non potei trattenere però un sorriso di gioia che nascosi giungendo le mani e abbassando la testa devotamente.

Luigi si voltò verso la cugina e la salutò. Un saluto composto, senza incrociare il suo sguardo, un semplice gesto di buona educazione... Era perfetto. Si poteva veramente credere che questo incontro fosse un puro caso. Ma Maria Luisa fu meno padrona di se stessa perché scorgendo Luigi, il suo turbamento sembrò – a me almeno – del tutto palese. Il suo piede urtò una lastra del pavimento e lei inciampò. Per fortuna, non perse l'equilibrio e il punto in cui si trovava in quel momento era un po' buio. Controllai rapidamente gli sguardi di chi le era vicino: nessuno sembrava aver compreso il motivo di quel passo falso... Maria Luisa giunse le mani davanti al viso – come me! Stessa idea, stesso sotterfugio... – e si inchinò davanti all'altare. Quando si rialzò, aveva ritrovato la sua imperturbabilità.

Durante i trentacinque minuti che seguirono, ammirai il sangue freddo dei due innamorati. Sembravano interessati alla funzione. E tuttavia io sapevo che uragano di sentimenti doveva agitare i loro animi. Non una volta, malgrado lo desiderassero entrambi, girarono la testa l'uno verso l'altra.

A Corte, il mio ruolo di damigella d'onore principiante mi collocava, in una scala d'importanza, al livello più basso. Ci si occupava pochissimo di me, e questo mi dava tutta la libertà di occuparmi degli altri. Ero io che avevo creato questa situazione, spettava dunque a me stare all'erta.

Innanzi tutto concentrai la mia attenzione sulla Soulencourt. Bisognava essere molto prudenti con lei, era tutt'altro che sciocca e nulla le sfuggiva. Però quel giorno, effettivamente, non sembrò afferrare ciò che succedeva a dieci passi da lei. Nessuno sguardo di sbieco verso Maria Luisa o verso il Delfino. Nessuna occhiata sospettosa. No, veramente, per quanto la riguardava, niente da segnalare...

Con la stessa cura osservai il duca di Montausier, che finora non avevo mai visto così da vicino. Il mastro spione, il campione dei traditori, l'asso degli informatori – incarico che doveva tenerlo parecchio occupato considerando che a Corte la maldicenza è uno sport nazionale – ebbene, egli aveva l'aria di essere di pessimo umore. "Che sciocchezza alzarsi così presto per assistere a una messa squallida, quando sarebbe così semplice andare a quella delle undici, dove si ha il piacere di vedere il Re e anche quello di trovarsi fianco a fianco con la migliore società!" sembrava dire il suo viso grinzoso. Assorbito completamente dal suo malumore, anche lui non sospettava niente. Benissimo!

Al momento di uscire, mentre tutti lasciavano il loro posto, Luigi e Maria Luisa si scambiarono uno sguardo fuggevole, breve e intenso come un raggio di sole tra due nubi.

I giorni che seguirono furono certamente molto felici per i due giovani. Ogni giorno, per una mezz'ora, nella

quiete del primo mattino, nel profumo dell'incenso, sotto le macchie di colore provenienti dalle vetrate illuminate dal sole che sorgeva, assaporavano la felicità di essere insieme.

Ammiravo il loro autocontrollo. Non lasciarono mai trasparire un segno del loro amore.

Pensai che fin dalla loro più tenera età, si erano trovati costantemente sotto lo sguardo degli adulti, il cui incarico principale era quello di sorvegliarli: tutori, governanti, dame d'onore, cortigiani e spioni di ogni colore. La loro straordinaria capacità di non esternare niente di ciò che passava nel loro animo doveva avere a che fare con tutto questo.

Io ero stata allevata in un modo opposto. Mio padre mi aveva sempre incoraggiata a manifestare tutto ciò che provavo.

Come ricompensa della loro prudenza, riuscivano a rubare al tempo qualche istante. Lo scambio di rapidi sguardi. Il momento della comunione che permetteva di avvicinarsi abbastanza perché i loro gomiti si sfiorassero. E quel pensiero comune che aleggiava fra loro: "Sono qui per te e non penso che a te".

Giorno dopo giorno, il miracolo sembrava continuare per quello che riguardava la Soulencourt. Meglio ancora: lei si era abituata alla presenza del Delfino. Luigi, astuto, la salutava regolarmente e lei ne era estasiata. Una dama di Corte non può che rallegrarsi se il futuro Re di Francia mostra di accorgersi della sua esistenza!

Quanto al duca di Montausier, semplicemente, non veniva più. Dopo quella prima volta, aveva trovato un pretesto, non ricordo se il mal di schiena o la gotta, per restare a letto. Aveva spedito al suo posto un giovane scudiero che non faceva nulla per nascondere la noia e non aspettava altro che la messa finisse.

Le cose non sarebbero potute andare meglio.

Nella pace della nostra camera, Costanza ed io potevamo parlare tranquillamente. Meno ottusa della Soulencourt, lei aveva capito tutto al primo sguardo. E, sensibile com'era, percepiva appieno la gioia della nostra cara principessa.

«Hanno il diritto di essere felici» dissi io un giorno.

Tenevo in braccio Tancrediglio, appoggiato alla mia spalla, e lo carezzavo. Il mio coniglio quel giorno era di un umore socievole. Senza dubbio perché lo avevo nutrito con avena della miglior qualità, rubata nella scuderia reale.

Costanza, seduta sul letto, pensosa, provava e riprovava sulla chitarra un'aria in la minore, bella e malinconica come quel giorno d'inizio di primavera.

«Hanno il diritto di essere felici se il Re lo permette» precisò infine. «Loro lo sanno bene e per questo custodiscono con tanta attenzione il loro segreto».

11

A colloquio DAL RE SOLE

Un pomeriggio, che seguiva una di quelle belle mattine, eravamo riuniti nel granaio del Castello Vecchio. Mancavano solo il Delfino e Chalamar. Ma Chalamar arrivò solo.

«*Monseigneur* è stato trattenuto» ci disse. «Il Re lo ha fatto chiamare».

Il Re?

Era naturale che il Re desiderasse vedere suo figlio, ma io provai immediatamente un senso d'inquietudine. Il Re era… come dire… decisamente capace di intimorire. E ogni intrusione del mondo degli adulti e dell'autorità nel nostro mondo rappresentava una minaccia.

Non vedevo l'ora che Luigi arrivasse… Cercai di rassicurarmi inventandomi delle spiegazioni. Non c'era da preoccuparsi, il Re senza dubbio voleva parlargli soltanto di un incontro con una delegazione straniera, al quale lui, il Delfino, avrebbe dovuto essere presente…

Re Luigi XIV e suo figlio il Gran Delfino non parlavano spesso a quattr'occhi.

«Come state, figlio mio? Sono lieto di vedervi».

«Benissimo, Sire. Ringrazio Vostra Maestà».

«Luigi, non vi vedo più alla messa. Che succede?».

«Sire, Vostra Maestà ignora che assisto ogni giorno alla messa del mattino?».

«In effetti l'ho saputo. Perché questo cambiamento?».

Luigi aveva preparato una risposta, ma di fronte all'autorevolezza del potente Re Sole, gli apparve improvvisamente misera, inconsistente e facile da spazzare via con un semplice gesto della mano del padre.

«Sire, c'è una gran folla nella cappella alla messa delle undici. La mia anima è più disposta alla preghiera nella pace del mattino».

«Un'eccellente ragione che comprendo perfettamente. Anch'io, se fossi una persona normale, preferirei andare in chiesa tranquillamente. Ma noi non siamo persone normali, Luigi».

Luigi non rispose nulla. Sapeva bene che se suo padre aveva deciso che quella nuova abitudine non gli piaceva, lui non avrebbe avuto altro da dire.

«Questa folla di cui vi lamentate...» continuò il Re «tutta questa gente, per quale motivo credete che accorrano alla cappella?».

«Per pregare Dio, Sire».

«No. Per essere visti da me, da voi e da tutta la famiglia reale. È una forma di omaggio. Noi dobbiamo rispondere alla loro attesa».

«Sire, stento a comprendere le parole di Vostra Maestà...».

«Se cessate di assistere alla messa a cui si reca tutta la Corte, la gente penserà che non diate alcuna importanza alla loro presenza. E, ancora peggio: penseranno che esista un disaccordo fra voi e me, e che volete manifestarlo a tutti con la vostra assenza. Immediatamente nasceranno manovre, si tesseranno intrighi... a Corte ci si domanderà se conviene di più stare dalla vostra parte – il potere di domani! – o dalla mia – il potere di oggi! Luigi, la Francia ha molto sofferto in passato per situazioni confuse come questa, e non dobbiamo mai più permettere una cosa simile. Il bene del Regno ci impone di mostrare sempre un fronte unito ai francesi, come anche agli stranieri. È nostro dovere. Un dovere talvolta opprimente, certo, ma quale dovere non lo è?».

«Comprendo, Sire».

«Confidavo nel vostro buon senso, figlio mio. Dunque, sarete presente domani alla messa delle undici?».

Luigi esitò. Era consapevole che attirare l'attenzione del Re su *Mademoiselle* era un'imprudenza, ma Maria Luisa in quel momento era così presente nei suoi pensieri, che non riuscì a trattenersi.

Pensava molto di più alla sofferenza della cugina che alla sua.

«Voi desiderate porre una domanda, Luigi...» osservò il Re. «Vi ascolto».

«Poiché Vostra Maestà mi permette di chiederlo: perché Vostra Maestà autorizza mia cugina d'Orléans, che è principessa di sangue reale, ad assistere alla messa per conto suo?».

«Vostra cugina è un caso particolare. Non sopporta alcuna imposizione. Costringerla provocherebbe solo complicazioni».

"Costringere me, invece..." pensò Luigi "non provoca nessuna complicazione?".

Ma si accontentò di replicare:

«Però mia cugina è molto dolce».

«Finché non la si prende di punta. Credetemi, Luigi, conosco il suo carattere, è lo stesso di sua madre, è di una tempra particolare... Inoltre, lei non mi ama. Dunque non è un male che si tenga un po' in disparte. Attualmente la sua condotta è impeccabile. Tutto, dunque, va a meraviglia».

«Lei non... Vostra Maestà?».

Era la prima volta che Luigi, cresciuto nell'entusiasmo – si potrebbe quasi dire nell'adorazione – che circondava a Versailles Luigi XIV, accettava un'idea così sconvolgente come quella che si potesse non amare il Re.

«No» fece seccamente Luigi XIV. «È una vecchia storia. Non è più il caso di parlarne. Vi vedrò dunque domani alla messa delle undici, Luigi?».

"Una vecchia storia?" pensò di sfuggita Luigi. "Non più vecchia di quindici anni, in ogni caso...".

La sua felicità e quella di Maria Luisa erano calpestate, schiacciate, stritolate solo per un capriccio del Re Sole. E lui se ne sarebbe andato docile, umiliato e vinto. Non avrebbe neanche tentato di resistere...

Ma d'un tratto una delle frasi pronunciate dal Re lo colpì come una freccia: "la sua condotta è impeccabile...". Il Re non aveva nessun sospetto del loro amore! Se avesse saputo, non avrebbe usato quella parola... Innamorarsi segretamente del cugino non era affatto impeccabile, anzi era un pericoloso segno di indipendenza... Il Re non sapeva niente e già questo era una specie di miracolo, niente era perduto... Bisognava cedere subito, fingere di dare poca importanza a questa storia della messa, fare attenzione a non parlare mai più di Maria Luisa e, appena possibile, trovare un altro posto per incontrarsi in segreto!

Un'espressione improvvisa di vivacità e determinazione comparve sul viso del Delfino. Un'espressione che fu notata dal Re, cui non sfuggiva nulla. Egli si domandò per un attimo la ragione di quell'aria risoluta, ma, non trovando una spiegazione immediata, l'attribuì alla forza persuasiva delle sue parole.

Il Delfino rispose infine alla domanda del padre:

«Sì, Sire, ci sarò».

«Molto bene, Luigi» concluse il Re. «Siete un ragazzo intelligente, cosa di cui non dubitavo. Sono contento di voi».

La porta del nostro granaio era sempre deformata dall'umidità, per aprirla si doveva scuoterla e poi dare un colpo secco. Bisognava imparare un particolare movimento.

Dall'altro lato, sentii i passi di Luigi che saliva la scala di legno. Finalmente avremmo saputo cosa voleva il Re. Ma proprio quando aveva fatto appena il suo ingresso nel granaio, sentii di nuovo quella specie di lamento che mi aveva tanto impressionato qualche giorno prima.

Pensai subito: "Questa volta il mio ghiro è proprio qui!". Sì, perché ormai avevo deciso che l'abitante clandestino del granaio era un ghiro. Mi sembrava verosimile. I ghiri sono animali astuti e pieni di risorse e amano sistemarsi nei granai e nei depositi. Il mio primo impulso fu di andare direttamente verso i vecchi mobili accatastati per cercare di sorprendere il nostro sfacciato inquilino. Ma non avevo ancora fatto un passo in quella direzione che sentii chiaramente le parole: "Ah, malvagio…" e poi ancora qualche sillaba che non riuscii a distinguere.

Il mio stupore fu grandissimo. Non c'era più alcun dubbio: non era un ghiro che aveva parlato! Ed ero sicura, ma proprio sicura, di aver sentito distintamente queste parole: "Ah, malvagio…".

Ma che succedeva dunque qui dentro?

Sentivo anche le voci, adesso? O c'era un fantasma che frequentava il granaio?

Stavo per avvertire gli altri per raccontare cosa mi era successo e per farmi aiutare a trovare una spiegazione... Ma tutti i compagni circondavano il Delfino e sembravano preoccupati per qualcosa a cui io, distratta dai miei miraggi sonori, non avevo fatto attenzione.

Guardai Luigi. Mi accorsi solo allora della sua aria decisa e della sua espressione di sfida. Per Belzebù e per tutti i diavoli! Le cose si mettevano male... avevo avuto ragione a temere quel colloquio con il Re.

«Non andremo più alla messa del mattino» disse Luigi, con l'aria di chi non vuole scendere in particolari. «Sua Maestà non lo desidera».

La nostra costernazione fu totale. Sapevamo tutti cosa rappresentava quel momento, ogni giorno, per Luigi e Maria Luisa. Ma la più afflitta ero io, perché in fin dei conti era stata un'idea mia. E ora questa geniale trovata andava in fumo... Costanza aveva visto giusto. Adesso per colpa mia avrebbero sofferto ancora di più della loro separazione...

Ma il Delfino non sembrava aver voglia di piangersi addosso.

«Chalamar...» domandò «volete tirare di scherma con me?».

Si tolse la giacca e la scagliò a dieci passi. Estrasse la spada e cominciò, senza aspettare, una serie di rapide flessioni sulle gambe. Chalamar si affrettò a raggiungerlo. Luigi aveva ragione: far lavorare i muscoli, sudare e concentrarsi sui movimenti della spada era il rimedio migliore per calmare la collera e la delusione e ritrovare così la lucidità. Li osservai con attenzione. Luigi era veramente un ottimo schermidore; senza spacconate, senza esibizioni, ma sempre capace di prevedere in anticipo un passo o una mossa.

A questo punto, non avevamo più molto tempo. Il Re, oltre la messa del mattino, ci aveva indirettamente impedito di fare la nostra consueta riunione. Al momento di tornare alle nostre occupazioni abituali, Luigi – come mi aspettavo – mi prese da parte.

«Eulalia...» domandò a mezza voce «vorreste informare *Mademoiselle* di quello che è successo?».

«Beninteso, *Monseigneur*».

«Soprattutto, spiegatele che io non c'entro niente».

«Lo farò».

Pensai subito che non c'era neppure bisogno di dirglielo.

«Raccomandatele di non dare nessun segno di delusione o di scoraggiamento» continuò il Delfino. «Che si comporti come se non fosse accaduto nulla. Ma anticipatele anche che fra quattro giorni, dunque sabato prossimo, andrò a far visita a *Madame*, la sua matrigna».

Per la prima volta dopo il colloquio con suo padre, vidi brillare negli occhi di Luigi qualcosa di simile alla felicità. Il mio guerriero non era sconfitto! Aveva già pensato a un piano di salvataggio. Sabato, il Re doveva andare con la Corte a visitare il cantiere del suo futuro castello di

Marly. *Madame* non ci sarebbe andata perché si era slogata una caviglia cadendo da cavallo. E neanche Maria Luisa, perché lei si univa alla Corte solo quando non poteva fare altrimenti. Si preparava dunque un bel pomeriggio tranquillo. E poi *Madame*, la principessa tedesca, matrigna di *Mademoiselle*, era una persona che trovavo infinitamente simpatica. Sincera, spiritosa, nemica dichiarata delle ipocrisie di Corte, e tanto amante degli animali da lasciar dormire i suoi cani intorno al suo letto.

L'idea era ottima.

Mi sentii immediatamente meno oppressa. Avrei avuto una notizia confortante da annunciare a Maria Luisa.

«State attento, *Monseigneur*...» gli feci osservare «credo che *Madame* sia una persona piuttosto perspicace. Sarà molto difficile nasconderle la verità».

«Lo so. Lo terrò presente. E, pensate... ho intenzione di diventare il suo migliore amico».

12

L'anatroccolo RIBELLE

Raggiunsi la nostra camera e raccontai a Costanza quello che era successo nel pomeriggio.

«Era da prevedere» disse lei. «Il Re non tollera le decisioni che non provengono da lui. Per lui un anatroccolo che lascia lo stagno senza permesso è un anatroccolo ribelle. Ma credo, come te, che l'idea di incontrarsi da *Madame* sia ottima. *Madame* adora avere vicino degli amici e accoglierà il Delfino a braccia aperte. E chi potrebbe trovarvi qualcosa da ridire? Il Delfino fa visita alla zia, ecco tutto».

Un rumore di passi, che proveniva dal corridoio, ci fece subito tacere. Fu battuto un colpo secco alla porta, che venne spalancata senza aspettare risposta.

Tipico modo di arrivare della Soulencourt. Tancrediglio, che la detestava profondamente, la fiutò da lontano e filò sotto il letto ancora prima che lei toccasse la porta.

«Ebbene, signorine, siete pronte? *Mademoiselle* d'Orléans vi attende, vi trovo alquanto pigre!».

Pigre? Era lei che si era concessa due ore di siesta... Ma, una volta alzata, le piaceva molto darsi delle arie e fingersi straordinariamente efficiente.

«Siamo pronte!» rispondemmo in un bel coretto. Ed effettivamente, eravamo pronte. Vestite e pettinate.

"Ma guarda, sì, effettivamente..." sembrava dire la sua espressione. Ci scrutò rapidamente per cercare qualche imperfezione, ma non trovò niente da ridire.

Come al solito, quell'antipatica tornò ad esaminare me, cercando più attentamente qualcosa da rimproverarmi, ma di nuovo, non trovò niente. Eh sì, cominciavo ad avere una certa abilità nel mutare abito e identità.

«Fra cinque minuti, da *Mademoiselle*!» ordinò, girando i tacchi.

Ancora una volta come spesso capitava, feci due smorfie alle sue spalle.

«Ho un'altra cosa da dirti...» rivelai improvvisamente a Costanza «sento delle voci».

«Avevo già qualche dubbio, ma adesso ne sono sicura: sei una santa!».

«Non sto scherzando, è vero! Almeno credo, perché non capisco niente di quello che succede... Ti ricordi, due settimane fa, quella storia del ghiro?».

«Sì, e ricordo che non l'hai mai trovato».

«Ebbene, poco tempo fa, ha parlato».

«Il ghiro?».

«Adesso so che non è affatto un ghiro. C'è qualcosa che parla in quel granaio».

«E cosa dice?».

«Una specie di sospiro e poi "Ah, malvagio...". Ho sentito queste due parole molto chiaramente, e poi ancora qualcosa che non ho ben afferrato. E mi sembra che la voce provenga da un mucchio di vecchi mobili. Credi che io sia pazza?».

«È possibile, ma a questo mondo lo siamo tutti, almeno un poco».

Rifletté qualche istante, poi decise:

«Questa sera, quando la Soulencourt sarà andata a dormire, andremo a fare un giro nel granaio».

«Allora credi che quello che ti ho raccontato sia possibile?».

«Il fatto è che ho voglia di sentire le voci anch'io».

Poco prima di mezzanotte, Madame de Soulencourt tornò dopo aver giocato a carte dal Re. Affacciata nel buio, tenevo d'occhio la sua finestra. Qualche istante e la luce dietro le tende si spense.

«Bene» dissi. «Ancora cinque minuti e potremo muoverci...».

Salii su una sedia per prendere dallo scaffale più alto due abiti maschili.

«Nel frattempo...» aggiunsi, passando a Costanza pantaloni e farsetto «infilati questi».

«È proprio necessario?».

«Indispensabile. Conciate così, se ci vedono penseranno che siamo due paggi indisciplinati, cosa normale e anche tollerata. Se invece trovano due ragazze che se vanno in giro a quest'ora, ci sarà un dramma, uno scandalo, un'inchiesta e questo probabilmente arriverà alle orecchie della Soulencourt. Credimi, comincio a intendermi di spostamenti illeciti a Versailles».

Il granaio della società segreta era silenzioso di notte come di giorno. La luce serena della luna entrava dalle finestre ovali. Senza far rumore, abbiamo appoggiato la lanterna portata da Costanza e ci siamo sedute per terra, spiando tutti i rumori e aspettando che lo strano fenomeno avvenuto nel pomeriggio si manifestasse di nuovo.

«Non si sente niente» finì per constatare Costanza dopo una mezz'ora di attesa.

«No...» dissi io «ma questa voce non si fa sentire ogni volta».

«Forse soltanto ad alcune persone è concesso di percepirla, persone che hanno dei poteri straordinari... Allora è colpa mia, è la mia presenza che...».

«Sì, certo, poteri straordinari... Infatti io sono santa, mi ero dimenticata di dirtelo!».

«E se esaminassimo quel mucchio di mobili? Così, dopo, potremmo andare a dormire».

I vecchi mobili non sembravano aver nulla di più interessante di notte che di giorno. Tuttavia Costanza, aiutandosi con la lanterna, li esaminò con cura. Senza timore di impolverarsi, passò la mano nei cassetti, osservò il dorso delle sedie e la parte inferiore del tavolino. A un tratto domandò:

«Avrei bisogno di un carboncino e di un pezzo di carta».

«La carta, è facile...».

Andai a cercare un foglio in un angolo del granaio dove avevamo lasciato alcuni libri e dei quaderni in cui Saint-Aubin annotava i suoi versi quando aveva l'ispirazione.

«Ecco qua...» dissi «e come carboncino, può andar bene questo pezzetto di matita un po' rotta?».

«Dovrebbe andar bene... Fammi luce con la lanterna».

Appoggiò la carta sul bordo di un cassetto e, passandoci sopra la matita, la annerì in una piccola zona. Poi ripeté l'operazione sul retro dello schienale di una sedia.

«Cosa fai?» chiesi.

«Un ricalco. Su tutti i mobili c'è lo stesso simbolo marchiato a fuoco».

Avvicinai la lampada e mi chinai per guardare la leggera impronta che Costanza aveva fatto risaltare sulla carta con la matita. Vi si poteva vedere distintamente una croce, i cui i bracci più corti terminavano con due sfere o forse due visi...

«Cosa rappresenta secondo te?».

«Non ne ho idea. Ma tutto fa pensare che questi mobili appartenessero alla stessa famiglia».

Costanza collocò il quadro nel cerchio di luce che proveniva dalla lanterna. Nel buio della notte, il contrasto tra l'immagine quasi cancellata e la firma scarlatta era ancora più impressionante.

«È veramente stupefacente...» mormorò.

Girò il dipinto:

«E anche qui c'è lo stesso simbolo... Credi che sarebbe un problema se lo portassi nella nostra stanza? È tutto annerito dal tempo. Una volta pulito, potremmo scoprire cosa rappresenta. Questo forse ci darebbe un'idea, un'indicazione, qualcosa...».

«Tu sai come si pulisce un quadro?».

«A casa mia, a Sainte-Austreberthe, ci sono cinquantasette stanze e ognuna di queste contiene da sei a dodici ritratti di famiglia, la maggior parte più vecchi di Matusalemme. So come si conservano e si puliscono. Bisogna utilizzare una miscela di essenza di pino di Cipro e di olio di mandorle».

«Credo che possiamo portarlo via... non penso che qualcuno lo reclamerà. A parte Chalamar e noi due, si direbbe che nessuno l'abbia girato da chissà quanto tempo... Avvertirò solo il Delfino, questa è casa sua, dopotutto».

Qualche giorno più tardi, il tempo di far acquistare dall'intendente di *Mademoiselle* gli ingredienti di cui Costanza aveva bisogno, ci siamo messe all'opera. Costanza mi mostrò come fare: non era un lavoro complicato, ma richiedeva pazienza. Bisognava passare molto delicatamente con uno straccio la miscela d'olio e di essenza di pino su tutta la superficie, poi lasciarla asciugare un giorno o due. E poi ricominciare da capo. Fu chiaro quasi da subito che il secondo personaggio, quello che inizialmente non si distingueva molto dal fondo, doveva essere un monaco, con la testa coperta da un ampio cappuccio. Il quadro rappresentava dunque una conversazione con un monaco. Forse una confessione? Ad ogni passata, lo straccio rimuoveva un po' del nero che copriva la tela, ma i progressi erano minimi. E sempre quella firma scarlatta, quasi luminosa…

«Ci vorrà tanto tempo, vero?» domandai.

«A volte ci vogliono parecchie settimane. E a volte i danni sono talmente gravi, che non si ottiene niente».

Dalla nostra spedizione notturna al granaio, non avevo più sentito lo strano sospiro, né "le voci". Eppure m'incontravo nel sottotetto, quasi tutti i giorni, con la società segreta del Delfino. Un pensiero assurdo mi passò per la testa.

«Tu credi che un quadro possa parlare?».

«Non ne ho idea. Ma so di certo, che da quando è qui, non ha detto niente».

13

Uno spiritello MALIZIOSO

La visita di Luigi a *Madame* fu un vero successo. Non c'era nulla al mondo che lei amasse più di camminare all'aria aperta, cavalcare e accompagnare il Re a caccia e dover restare rinchiusa in casa, col piede bendato, la faceva molto soffrire. Il Re aveva mandato a chiedere sue notizie, ma non era mai venuto a trovarla. Perciò fu deliziata dall'arrivo del nipote.

«Mi sento come un bambino indisciplinato messo in castigo nella sua stanza» disse quel giorno. «Maledico me stessa per una caduta così ridicola. Sapete cosa mi è capitato? Ero in sella e, per non spiegazzare il vestito, mi sono piegata un po' in avanti per sistemarlo; proprio mentre ero in questa posizione, passa di corsa una lepre e tutti si mettono all'inseguimento. Il mio cavallo, che vede correre gli altri, vuole seguirli e scarta bruscamente di lato. Mezza disarcionata, provo a trattenerlo, lui mi trascina ed ecco la cognata del Re faccia a terra nell'erba, col naso in una tana di talpe, e con una caviglia così gonfia da sembrare una melanzana viola!».

Era lei la prima a ridere di questa storia.

Era un bel pomeriggio tranquillo. Più di metà della Corte era assente da Versailles. Ormai era noto a tutti che Marly sarebbe diventata la residenza favorita del Re, e nessun vero cortigiano voleva mancare a questa visita inaugurale. Gente come la Soulencourt o Montausier avrebbero preferito morire piuttosto che perdersi una simile occasione.

Luigi era perfetto. Allegro, cordiale, conversava piacevolmente. Maria Luisa, che di solito spariva quando la matrigna aveva visite, era lì, e ben decisa a restare, e *Madame* provava una gioia in più a vedere per una volta la sua scontrosa figliastra così serena.

Maria Luisa era seduta di fronte a suo cugino ed entrambi potevano guardarsi quanto volevano. Ma la mia principessa non abusava di questa possibilità. Parlava poco e teneva per lo più gli occhi bassi. Evidentemente non si fidava di se stessa. La sua sensibilità era così viva da farle temere che l'immensa felicità potesse trasparire sul suo viso e rivelare così, in un istante, il loro segreto.

Lei stessa aveva chiesto a Costanza e a me di esserle accanto in quel delicato momento.

Eravamo tutte e due sedute su dei bassi sgabelli, alla sua destra e alla sua sinistra, felicissime di essere lì.

Normalmente, una visita ufficiale del Gran Delfino a *Madame* e a *Mademoiselle* prevedeva una rigida etichetta da rispettare. Ai lati di *Mademoiselle*, prima principessa di sangue reale, avrebbero infatti dovuto trovarsi due damigelle d'onore più grandi e più importanti di noi.

Ma la Soulencourt non era lì, urrah! Stava recitando la parte dell'abile adulatrice a Marly... E così Maria Luisa aveva designato chi voleva, e chi voleva, per l'appunto, eravamo noi!

La Soulencourt, al suo ritorno, avrebbe sicuramente avuto da ridire! "Vi assicuro, Altezza, che non giova a queste ragazze vedersi così privilegiate senza alcuna ragione. Sono già troppo inclini, soprattutto la piccola Potimaron, a ritenersi autorizzate a fare tutto". Per prendersi la rivincita, nei giorni a venire ci avrebbe senza dubbio perseguitato il doppio del solito. Dal canto nostro, avremmo raddoppiato gli sforzi per apparire damigelle docili e accomodanti.

Niente di più facile.

Luigi e *Madame* scherzavano e ridevano, e noi tutte ridevamo con loro. Era come se la grande felicità di Luigi e di Maria Luisa, sparsa nell'aria da uno spiritello malizioso, avesse contagiato tutta la compagnia.

«Vi ringrazio, nipote mio, per questa piacevolissima visita» disse *Madame* quando il Delfino si preparò a prendere congedo.

Il tempo per una visita di cortesia era trascorso. Il profondo dispiacere di Maria Luisa che questo momento fosse già finito, ai miei occhi era evidente. Quella ragazza era capace di provare i sentimenti mille volte più intensamente della gente normale. Per lei non esistevano piccole gioie o piccole tristezze. Ma Luigi aveva ragione. Per conservare questa possibilità d'incontro e sfruttarla spesso, bisognava rimanere insospettabili. Non bisognava dare adito alle curiosità o alle maldicenze dei cortigiani.

Ma lui aveva già pianificato le mosse future e venne fissato un nuovo appuntamento due giorni dopo alla stessa ora, durante la battuta di caccia del Re.

«Il cavallo mi ha calpestato un piede e quasi spezzato l'alluce...» sosteneva Luigi «e come a voi, cara zia, mi è vietata la caccia. E, sapete? Mi viene un'idea... Tra qualche giorno, quando vi sarà permesso di uscire, potremmo seguirla tutti insieme dalla mia carrozza!».

«Ne sarò deliziata, nipote mio».

Ovviamente questi messaggi erano destinati a Maria Luisa e sembrava volessero significare: "Fidati di me, farò tutto cio che è in mio potere perché possiamo rivederci ancora e ancora".

Lei alzò gli occhi e gli rivolse uno sguardo luminoso. Uno sguardo di cui Luigi colse anche la più piccola sfumatura, e che significava: "Ho piena fiducia e non penso che a te".

«Abbiamo un po' di tempo prima di rientrare» disse Costanza. «Ho un'idea».

Avevamo riaccompagnato Maria Luisa nel suo appartamento, dove l'aspettava il maestro di disegno. Per quella lezione, non aveva bisogno di noi. E la Soulencourt non era ancora tornata da Marly. In effetti, avevamo un momento di libertà assai raro e prezioso.

«Dove vuoi andare?».

«A incontrare Monsieur de Colbert».

Rimasi allibita.

«Tu conosci Monsieur de Colbert?».

«È un amico dei miei genitori. Ha una casa di campagna vicino a Sainte-Austreberthe, dove si reca tutte le estati. Mi ha raccomandato di rivolgermi a lui in caso di difficoltà».

«E tu hai delle difficoltà?».

«Sì, grazie al tuo quadro. Non mi piace trovarmi davanti a qualcosa che non capisco. Monsieur de Colbert sa tutto di Versailles. Saprà forse dirmi cosa significa quel marchio impresso a fuoco».

«E non t'intimidisce andare a parlargli?».

«È molto gentile, sai».

Avevo incrociato Colbert nei corridoi di Versailles. Un uomo alto e freddo, distaccato, sempre vestito di nero. Il più importante ministro di Luigi XIV. Senza dubbio l'uomo più potente di Francia dopo il Re.

«Io lo trovo gelido come il vento del nord».

«Ma sai, qui a Corte, l'aria e l'atteggiamento che si hanno in pubblico, non corrispondono sempre a come si è veramente».

In effetti, nella tranquillità del suo studio, Monsieur de Colbert si rivelò caloroso e affabile. Ci ricevette immediatamente, come se noi fossimo molto più importanti delle gravi questioni del regno a cui dedicava i giorni e le notti. Il suo studio era in un ordine perfetto. Mucchi di fascicoli erano allineati su dei tavoli addossati alle pareti della stanza. Notai che amava i bei quadri. I muri erano coperti di grandi paesaggi e di suoi ritratti. Aveva anche una passione per le pendole: ne contai sette, disposte sulle consolle e sulle mensole dei caminetti. La più bella era sulla sua scrivania. Aveva molti quadranti che indicavano l'ora dei posti più remoti del mondo, come pure la posizione della luna e delle stelle. Aveva delle parti trasparenti che consentivano a Monsieur de Colbert di contemplare il meccanismo al suo interno, oltre che di sapere che ora era in Cina o nelle Americhe.

«Costanza...» disse sorridendo «cominciavo a disperare di vedervi un giorno varcare questa soglia! Come stanno i vostri cari genitori?».

«Benissimo, signore, vi ringrazio. Madame Colbert è in buona salute?».

«Ottima. Posso lusingarmi che abbiate qualcosa da chiedermi?».

«Sì, signore, quasi un capriccio e forse non era il caso di disturbarvi per una tale sciocchezza... Voi sapete che ho la passione dei vecchi mobili e della loro storia. Nella mia camera ve ne sono alcuni che portano impresso questo segno e sto cercando di rintracciare la loro origine. E

poiché voi sapete tutto di Versailles...».

«Effettivamente la storia degli oggetti è appassionante, hanno una loro vita, un loro destino, spesso la loro esistenza è più lunga della nostra... Mostratemi questo marchio».

Tirò fuori un occhialetto e si chinò ad osservare il disegno che Costanza aveva tratto dal nostro ricalco.

«No» disse infine. «No, non so che dirvi... Contrariamente a quanto avete la bontà di credere, le mie conoscenze in questo campo sono abbastanza limitate... Andate a parlare, a nome mio, con Monsieur Pichard, il Conservatore del mobilio Reale, e mostrategli questo disegno. Mi raccomando, non domandate niente al Duca di Saint-Cucuphat, Gran Maestro del mobilio di Corte, il suo titolo è solo onorifico, non saprebbe distinguere una poltrona da un tavolino. Invece, come scoprirete presto, Pichard è un'enciclopedia vivente!».

Monsieur Pichard doveva essere vicino agli ottant'anni. Era bassino, un po' rattrappito dall'età, ma allegro e vivace come un ragazzo. Non esitò neppure un attimo davanti al disegno che Costanza gli mostrò.

«È lo stemma dei Gondi» disse. «Guardate: due mazze di ferro incrociate, legate dai manici...

Sì, proprio così. La croce era formata dai due manici e quelle specie di sfere che avevamo scambiato per due teste, erano le mazze ferrate.

«Chi sono i Gondi?» domandai.

«I Gondi? Ah, Madamigella, la loro era una grande famiglia della nostra nobiltà. Il padre, Albert de Gondi, ha servito fedelmente i Re Enrico II, Enrico III e Enrico IV. E, credetemi, era una cosa molto rara a quei tempi perché era il periodo delle guerre civili e di religione, e si tradiva con la massima naturalezza. E il figlio, Filippo Emanuele, ha servito il Re Luigi XIII come generale della flotta».

«Ma come mai i loro mobili oggi si trovano a Versailles?».

«Il terreno su cui sorge il palazzo era di loro proprietà. Avevano qui una casa di campagna. Il Re Luigi XIII, innamorato di questa località, la acquistò da loro. E vi si fece costruire un castello che oggi si chiama il Castello Vecchio, la parte centrale del palazzo. Dovete sapere che il Re Luigi XIII non buttava via mai niente, e fece mettere da parte gli oggetti che i Gondi non avevano voluto portare con loro. Ecco come alcuni dei loro mobili sono finiti tra gli arredi del Castello Vecchio... e addirittura nella vostra camera, nella lontana ala sud... Volete che venga a vederli? Cercando bene, dovrebbero essere registrati da qualche parte nei miei inventari».

«Ma no, non vi disturbate, signore» dissi un po' precipitosamente. «Non si tratta che di una vecchia sedia molto sciupata e di un vecchio quadro tutto cancellato. Era questo strano disegno che ci aveva incuriosite, ma voi avete ampiamente risposto ai nostri interrogativi».

«Tutto il territorio di Versailles era loro?» domandò Costanza.

«Oh, non solo Versailles... Avevano dei possedimenti a Noisy, a Saint-Cloud, a Surénes... Bisogna tenere presente che a quell'epoca, i re avevano due residenze principali di uguale importanza, il Louvre a Parigi e il castello di Saint-Germain, e che si spostavano continuamente dall'uno all'altro. E Albert de Gondi voleva disporre di un numero sufficiente di case di sua proprietà tra Parigi e Saint-Germain per poter accorrere a qualsiasi ora ad una chiamata del re. Un bell'esempio di senso del dovere, non trovate?».

«Perché non hai voluto che venisse a vedere il quadro?» chiese Costanza, dopo che avemmo ringraziato il Monsieur Pichard e preso congedo. «Forse lui avrebbe potuto svelare il mistero...».

«Forse sì, ma il quadro non è più da noi, l'abbiamo riportato nel granaio! E lì stanno anche le sedie stile Enrico II. Pesano una tonnellata l'una; se dovessimo farne rotolare una nella nostra stanza, non vedo come potrebbe non accorgersene la Soulencourt... E poi il granaio è la sede della società segreta. Non voglio farvi entrare nessuno senza il permesso del Delfino».

«Hai ragione».

«Il nome dei Gondi ti dice qualcosa?».

«Niente, assolutamente niente».

14

«Cosa mai TI HO FATTO?»

In effetti il quadro non si trovava più nella nostra camera. L'avevo riportato nel granaio dove proseguivo i miei lavori di ripulitura. Era più prudente. L'odore dell'essenza di pino di Cipro aveva più di una volta fatto arricciare il naso e aggrottare le sopracciglia della Soulencourt. "Cosa avranno mai potuto inventare ancora queste teste matte?".

Con santa pazienza, avevo schiarito il volto del personaggio principale abbastanza per distinguerne le fattezze. Era un uomo tra i trenta e i quarant'anni, con un bel viso, gli occhi neri e i lineamenti fini. Aveva baffi sottili ed un accenno di pizzetto sul mento. Ero persino riuscita a far riapparire un cerchietto con una perla, appeso al suo orecchio sinistro. Indossava una camicia bianca col collo aperto e una casacca che doveva essere una giacca da camera. Con la testa un po' inclinata, sembrava ascoltare ciò che gli diceva l'altro personaggio, il monaco col cappuccio. Il volto di quest'ultimo però, malgrado i ripetuti passaggi dello straccio imbevuto dell'essenza di pino, era rimasto indistinto come il primo giorno. Ero arrivata a pensare che fosse la precisa intenzione del pittore: forse lo aveva volontariamente dissimulato nell'ombra del cappuccio... Quanto poi al pittore stesso, non avevo scoperto niente su di lui.

Pittori, ce n'erano dappertutto a Versailles. Artisti della scuola di Le Brun stavano affrescando i soffitti degli Appartamenti Reali. Avevo interrogato almeno sei di loro. Ma il nome di Berengario di Antiochia non sembrava dir nulla a nessuno... L'unica spiegazione che si poteva trovare era che costui, malgrado la sua firma vistosa, non fosse un pittore conosciuto... E c'era un'altra cosa... non avevo più sentito la voce misteriosa.

«Ebbene, Eulalia, le vostre ricerche su questo quadro fanno progressi?».

Quel giorno ero stata la prima ad arrivare al nostro appuntamento fisso, la Soulencourt riceveva la visita di qualche suo parente ed era scomparsa dalla circolazione più presto del solito. Aspettando i miei compagni contemplavo il dipinto nella speranza che, a forza di guardarlo, potessi improvvisamente comprenderlo.

Non avevo sentito il Delfino entrare. Era raro che si presentasse così presto. Aveva un'aria distesa e serena, dato che il giorno precedente aveva avuto il piacere di una bella, lunga visita a *Madame* e a Maria Luisa. Decisamente la sua capacità di organizzare incontri amorosi era migliore della mia.

Gli sorrisi:

«Ho scoperto abbastanza poco, *Monseigneur*... Ho saputo soltanto che il quadro apparteneva alla famiglia dei Gondi».

Meno ignorante di me sulla storia di Francia, non fu sorpreso nell'udire questo nome. Osservò il quadro.

«È il Re Enrico III» disse a un tratto. «Non c'è alcun dubbio. C'è uno dei suoi ritratti nello studio di mio padre, e ne ho visto molti altri a Chambord... Ma è questo monaco... la cosa sorprendente...».

«Che cosa, *Monseigneur*?».

«Enrico III si trovava appunto dai Gondi il giorno in cui...».

Luigi aveva appena terminato di pronunciare queste parole quando accadde sotto i nostri occhi qualcosa d'illogico, di assurdo, d'incomprensibile: l'immagine del quadro si animò. Il monaco senza volto alzava un pugnale, con cui colpiva il fianco del Re.

Il viso di Enrico III, in un attimo, aveva assunto un'espressione di dolore e di disperazione infinita. Sentimmo poi il sospiro che io già conoscevo e questa frase che per la prima volta udii distintamente: "Ah, malvagio,

cosa mai ti ho fatto?".

«Gran Dio! mormorò Luigi. «Si tratta dell'assassinio di Enrico III compiuto per mano del monaco Jacques Clément».

«Siamo diventati pazzi, *Monseigneur*?» balbettai quando ebbi ritrovato la forza di parlare.

Il quadro era ritornato quello di prima, le figure erano quelle che conoscevo in ogni particolare. Come se non fosse successo niente di ciò che invece avevamo visto.

«No» rispose Luigi in tono deciso. «È altamente improbabile che siamo stati preda della follia, voi ed io, esattamente nello stesso momento. E anche se fossimo entrambi pazzi, è impossibile che abbiamo avuto tutti e due la stessa allucinazione nello stesso istante. Se voi ed io abbiamo visto ciò che abbiamo visto, per quanto inverosimile possa sembrare, vuol dire che è veramente accaduto. Avevate già assistito a questo fenomeno?».

«No, mai. Ma avevo già udito quel gemito; ricordate, *Monseigneur*, che ne avevo già parlato a Chalamar e abbiamo cercato insieme un animale o un uccello... E una volta ho anche udito le parole: "Ah, malvagio...", ma in quel momento non stavo guardando il quadro».

«Stava avvenendo qualcosa di particolare?».

«Non ho mai capito cosa provocasse quei suoni strani».

«E questa firma così particolare... Avete idea di chi possa essere questo Berengario di Antiochia?».

«No, *Monseigneur*. Nessuno dei pittori che lavorano con

il Monsieur Le Brun lo ha mai sentito nominare».

Il Delfino rimase in silenzio. Poi, come se cercasse di mettere ordine in quei fatti straordinari, riprese più lentamente:

«Il giorno in cui fu assassinato, il Re Enrico III si trovava nella villa dei Gondi, sulle rive della Senna, tra Saint-Cloud e Surênes. Era l'estate del 1589, la guerra civile volgeva a suo vantaggio, si era alleato ufficialmente con suo cugino, il protestante Enrico di Navarra, attirandosi così l'odio dei cattolici più fanatici. Jacques Clément ingannò tutte le sentinelle e ottenne l'autorizzazione a parlare all'orecchio del Re, sostenendo di avere un messaggio da riferirgli, un messaggio così segreto che solo il Re poteva ascoltarlo. E accadde ciò che abbiamo appena visto... Ma perché mai i Gondi hanno fatto dipingere questa scena – diciamo "magica" perché non capiamo in che modo si produce questo fenomeno – per poi dimenticarla come un rifiuto tra delle anticaglie che nessuno voleva più?».

Non risposi nulla.

In effetti, questo era il problema. Anzi, uno dei moltissimi problemi. Ma non avevo nessuna risposta da offrire. Ed ero ancora troppo sconvolta da quello che avevo visto per fare delle ipotesi sensate. Si sentì un rumore di passi: i nostri compagni stavano arrivando.

«Portate questo quadro nel fondo del granaio, Eulalia» ordinò il Delfino. «E giratelo verso il muro. Non dite nulla ai nostri amici. Prima, voglio rifletterci da solo.

«Bene, *Monseigneur*».

Fu un pomeriggio dedicato interamente alla scherma.

«Abbiamo un gran bisogno di allenarci» osservò semplicemente Luigi. «Signori, all'opera!».

Luigi non voleva parlare. Inoltre, era vero, non ci eravamo esercitati seriamente negli ultimi giorni. E a me, turbata com'ero, niente poteva giovare di più che fare un po' di esercizio per scaricare la tensione. Insomma, avevo appena assistito a un delitto! Anche se solo in una visione, è qualcosa di davvero sconvolgente...

Quando fu l'ora di separarci, il Delfino mi chiese di restare ancora qualche momento con lui.

Accadeva regolarmente ormai. Tutti sapevano che in quel momento Luigi mi comunicava le informazioni che dovevo trasmettere a Maria Luisa, riguardo agli orari e ai luoghi dei loro prossimi incontri. Mi affidava anche dei bigliettini da consegnarle, piegati con grazia e sigillati con ceralacca azzurra. Sapevo che le scriveva in versi. E sapevo anche che Maria Luisa, che non voleva essere da meno, rispondeva allo stesso modo. Ero diventata la loro portalettere ufficiale. Ma quel giorno non era l'amore la prima preoccupazione del Delfino.

«Eulalia, non dovete andare a Parigi dopodomani?».

Luigi era spesso ben informato su quello che gli altri facevano, ma – in questo caso – non era strano che ne fosse a conoscenza: l'avevo detto a tutti.

«Sì, *Monseigneur*. Mia zia deve accompagnarmi a provare dei vestiti che ha ordinato per me. E Madame de Soulencourt ha autorizzato Costanza di Sainte-

Austreberthe a unirsi a noi».

Già in anticipo, avevo pregustato la gioia di questa uscita: una giornata di libertà fuori da Versailles con Annie e Costanza!

«Perfetto. Credete che vostra zia acconsentirà a fare una piccola deviazione verso una libreria che vi indicherò?».

«Penso di sì, *Monseigneur*. Mio padre e mia zia mi hanno sempre dimostrato la massima fiducia».

«Quanto siete fortunata, Eulalia... Dunque vi recherete in una piccola libreria che si trova all'angolo tra Quai des Augustins e Rue Gît-le-Cœur. Mostrerete questo al libraio, mastro Dioclès...».

Il Delfino mi tese una moneta, un doppio luigi d'argento, forato in tre punti in diagonale.

«Saprà che sono io a mandarvi... e gli chiederete tutto quello che sa su Berengario di Antiochia. Se c'è qualcuno che può conoscerlo, quello è lui... Questa firma così vistosa sul quadro, significa senza dubbio qualcosa... Se potete, ma immagino che vostra zia non sarà d'accordo, cercate di entrare da mastro Dioclès da sola. Il segreto sarebbe più al sicuro».

«Mia zia non si opporrà se glielo domando, *Monseigneur*».

«Di solito, è Chalamar che va da mastro Dioclès da parte mia. Ma si è recato lì pochi giorni fa e so che Montausier ha già qualche sospetto. È capace di farlo seguire la prossima volta che andrà a Parigi».

«Monsieur de Montausier non vuole che compriate dei libri, *Monseigneur*?».

«No, e non importa quali. Montausier ritiene che la sua sacra missione in questo mondo sia impedirmi di leggere tutte le opere che lui giudica immorali, vale a dire, quasi tutto ciò che è stato scritto. Quando ero piccolo, faceva ristampare, per mio uso personale le tragedie di Corneille, corrette da lui stesso per eliminare tutto ciò che avrebbe potuto urtare la mia giovane innocenza o suscitare la mia curiosità. Credo non si sia reso conto che da quell'epoca è passato del tempo».

15

Rue
GÎT-LE-CŒUR

Abbiamo passato tutta la mattina dalla sarta di Madame de Montespan. Annie non aveva badato a spese. Aveva ordinato per me una sbalorditiva quantità di vestiti: abito di Corte, abito da giorno, abito da passeggiata, abito da giardino, abito da pomeriggio, abito per la primavera, per il tempo più fresco, completo da amazzone. Un arcobaleno di colori e di stoffe. Basta "aria provinciale"... Per essere una damigella d'onore principiante, mi sarei ritrovata straordinariamente ben fornita. Costanza partecipava alle prove e mi dava allegramente il suo parere, senza che mai un pizzico di dispetto o d'invidia passasse nel suo animo, lei che non possedeva che un unico abito di Corte, il cui acquisto aveva imposto a tutta la famiglia settimane di sforzi e di sacrifici.

Ma io avevo già deciso che tutto quel corredo, quattro volte troppo abbondante per me sola, sarebbe stato tanto suo che mio. Eravamo della stessa taglia.

Lo sapevo bene: avrebbe sollevato mille obiezioni, mostrato il suo orgoglio, insomma, si sarebbe imposta di non accettare nulla... ma ah ah! Io avevo un argomento decisivo. Noi eravamo sorelle di sangue! Ormai Costanza era *obbligata* a condividere ciò che era mio. Eh sì! Lei non aveva esitato quel giorno in cui si era tagliata il braccio per me... E ora era troppo tardi!

Ad essere sincera però, ciò che mi avrebbe davvero reso felice, sarebbe stato un nuovo completo da ragazzo. Mi sarebbe tanto piaciuto fare bella figura come i miei compagni della società segreta. Anche i miei vestiti maschili portati da Potimaron avevano, indubbiamente, un'aria provinciale.

«Credi che queste sarte saprebbero confezionarmi un abito da ragazzo?» domandai a bassa voce ad Annie.

«Che cosa?» fece lei. «Ah! no, insomma! Credevo che fosse ben chiaro tra tuo padre, te e me, che era finito il tempo dei pantaloni e dei comportamenti da maschiaccio!».

«Ne basterebbe uno... Sai, potrebbe tornare utile. Immagina se tu dovessi ammalarti, o mio padre avesse bisogno di avermi accanto... vestita da uomo, potrei prendere la prima diligenza e correre da voi... Come damigella d'onore, invece bisognerebbe che la Soulencourt designasse qualcuno per accompagnarmi e passerebbero giorni e giorni!».

«Ma guarda che idee!».

«È naturale che mi vengano queste idee. Mio padre è lontano, ti vedo di rado, le lettere arrivano con lentezza... mi capita spesso di preoccuparmi per voi».

Conoscevo bene il suo punto debole: Annie non poteva pensare che io stessi in pena per lei o, peggio ancora, per mio padre. Come previsto, cominciò a cedere:

«Senti... chiedi a tuo padre! Se lui dice di sì, acconsentirò anch'io».

«Allora scrivigli anche tu... sappiamo bene che vorrà conoscere il tuo parere. Così guadagneremo tempo».

Annie accettò volentieri di recarsi alla libreria di Rue Gît-le-Cœur.

«Con piacere» dichiarò. «Adoro le librerie e quella non la conosco ancora».

«Sì... ma oggi è un giorno speciale e dovrai permettermi di entrare da sola».

«Che cosa?».

«Lo so, questo ti sorprende, ma ti assicuro che si tratta di una cosa importantissima. Un'augusta persona (usavo con lei questo termine per non fare il nome di membri della famiglia reale) mi ha incaricato di fare una domanda al libraio. Devo solo riferire la riposta e poi dimenticare tutto. Nessun altro deve sentire. Terminato il mio colloquio, potrai entrare e fare tutti gli acquisti che vorrai».

«Non finisci mai di stupirmi Eulalia... E tu, Costanza, eri al corrente di questo piano?».

«Sì, ammise lei».

Era vero. Le avevo raccontato quello che avevamo visto, il Delfino ed io, quando il quadro si era animato. Lo so, avevo promesso a Luigi che non ne avrei fatto parola con nessuno... Ma Costanza aveva scambiato il suo sangue col mio, tra noi non potevano esserci segreti. E sapevo che avrebbe conservato il più assoluto silenzio. Inoltre, era stata la prima a cercare di scoprire il mistero di quel quadro.

«È fuori discussione» obiettò Annie. «Pensa se in questa bottega dovesse succederti qualcosa...».

«Ma cosa vuoi che mi succeda in una libreria? E poi, guarda (la nostra carrozza intanto era arrivata sul Quai des Augustin) quel negozio ha una finestra! Puoi appostarti lì con Costanza, senza mai perdermi di vista e se tre briganti sbucano da dietro gli scaffali e si gettano su di me, vi autorizzo a entrare per salvarmi. Va bene così?».

Esitò un momento, osservò la finestra della piccola libreria e si decise.

«Va bene... Sii prudente però. Puoi dirmi almeno chi è l'augusta persona che ti ha fatto questa richiesta?».

«Te lo dico se mi giuri di non ripeterlo a nessuno e di non fare domande».

«Lo giuro».

Sapevo che era sincera.

«Si tratta di *Monseigneur*, il Gran Delfino».

«Questa volta, veramente, mi cadono le braccia...».

Quando spinsi la porta della libreria mi batteva forte il cuore.

Malgrado le occupazioni quotidiane, da due giorni vivevo con le immagini di quel delitto stampate nella mente. Vedevo continuamente il bel viso di Enrico III improvvisamente stravolto dalla disperazione. E speravo con tutta me stessa di ottenere una risposta a questa domanda: "Chi era Berengario di Antiochia?". Mi ero convinta, come Luigi aveva già intuito, che quella firma scarlatta fosse la nostra traccia più consistente.

Avevo immaginato mastro Dioclès come una specie di stregone tra i suoi libri di magia; dentro di me, gli avevo anche affibbiato una lunga barba e un abito tempestato di lune e di stelle. Invece, era un uomo giovane, molto alto, vestito con eleganza, coi capelli trattenuti sulla nuca con un nodo. Guardò solo per un attimo la moneta forata che deposi sul banco.

Non sembrò particolarmente stupito che il Delfino gli mandasse un messaggero. Le persone, le idee e i mondi contenuti nei libri che riempivano il suo negozio erano per lui infinitamente più importanti dei problemi dei suoi contemporanei.

«Cosa posso fare per la persona che vi manda?» chiese.

«Questa persona ha una domanda da farvi. Vorrebbe sapere da voi chi era un personaggio di nome Berengario di Antiochia, che era vivo probabilmente nell'anno 1589».

«Non probabilmente, ma certamente. Berengario di Antiochia era allo stesso tempo l'astrologo e il medico di Enrico III di Valois».

Il mio cuore accelerò i battiti. Finalmente! Finalmente qualcuno conosceva quel nome... e finalmente certi tasselli del mistero sembravano ricomporsi...

«*Mons*... la persona che mi manda vorrebbe conoscere tutto ciò che sapete su questo personaggio».

«Era un uomo straordinario. Era un medico della facoltà di Montpellier, ma si interessava anche di botanica, di astronomia e di astrologia. So che era andato anche a studiare a Cordova e a Fez, e sicuramente anche altrove».

«Perché si chiamava "di Antiochia"? Era nato in Oriente?».

«Niente affatto, era figlio di un notaio francese. Berengario di Antiochia era lo pseudonimo con cui pubblicava delle memorie e dei saggi, condannati dagli altri maestri della Sorbona perché in essi criticava ciò che si insegnava in quella Facoltà. Ma senza dubbio, nel corso dei suoi viaggi sarà passato anche per Antiochia».

«E nonostante questo il Re Enrico III aveva fiducia in lui?».

«Enrico III di Valois amava gli spiriti liberi e le persone di ampie vedute. Ha incontrato Berengario durante il suo soggiorno a Venezia e da allora l'ha sempre voluto con sé. Berengario curava il Re e sorvegliava il suo tema astrale. Enrico III era afflitto da un'ansia continua, pensava di avere ogni tipo di malattia e credeva nel fato».

«Berengario di Antiochia era anche pittore?».

Mastro Dioclès, che sembrava non stupirsi di nulla, parve sorpreso.

«Pittore? È possibile… lo ignoro… perché questa domanda?».

«Non so rispondervi. Era una delle domande che sono stata incaricata di farvi».

Il Delfino aveva dimenticato di comunicarmi se potevo parlare del quadro a mastro Dioclès. Nel dubbio, tacqui.

«Sapete dove si trovava Berengario di Antiochia nel 1589?».

«Volete dire al momento della morte di Enrico III? Non saprei con precisione dove abitasse, ma so che non faceva più parte del ristretto seguito del Re. Era il momento più critico delle guerre di religione ed era stato obbligato ad allontanarsi dalla Corte. Gli si rimproverava il suo interesse per le scienze e i suoi viaggi in Oriente… I cattolici non scherzavano su questi argomenti, e neanche i protestanti: ecco un punto, almeno, su cui erano d'accordo. Dallo studio dell'anatomia o delle stelle alla stregoneria, il passaggio era quasi automatico. In quell'epoca ci sono state persone condannate al rogo per molto meno. So che Berengario faceva visita al Re di notte e che, negli ultimi tempi, comunicavano soprattutto per lettera… Ehm, siete al corrente, Madamigella, che ci sono due persone che ci osservano dalla finestra da quando siete entrata?

«Sì» risposi. «Sono incaricate di vegliare su di me».

Cercai di riflettere in fretta. Che altra domanda rischiavo

di dimenticare?

«Credete, signore, che Berengario di Antiochia abbia potuto praticare la magia?».

«Tutto dipende, Madamigella, da cosa voi intendete con magia».

«Ebbene (risposi con le parole usate da Luigi due giorni prima) i fenomeni straordinari di cui non comprendiamo la causa».

«È una buona definizione, perché voi lasciate intendere che questi fenomeni potrebbero essere spiegati con delle conoscenze più complete. Tutto ciò che posso dirvi, è che Berengario di Antiochia ha consacrato una parte della sua vita allo studio delle congiunzioni astrali e che ha scritto un saggio in cui sostiene l'esistenza dei medium e degli scambi spirituali».

Non capii niente di quest'ultima frase, e mastro Dioclès lo intuì vedendo la mia espressione perplessa.

«Questo significa...» spiegò «che egli riteneva che certi spiriti potrebbero comunicare tra loro».

Continuavo a non capire.

«Gli spiriti dei vivi o gli spiriti dei morti?».

«Tutti due, Madamigella».

16

Per MILLE DIAVOLI!

Avevo un solo desiderio: tornare al galoppo a Versailles e riferire al Delfino tutto ciò che avevo appreso da mastro Dioclès. Ma, anche facendo correre i cavalli all'impazzata, era già troppo tardi per raggiungere Luigi e i suoi compagni nel sottotetto. Dunque non avevo motivo di impedire ad Annie e Costanza di portare a termine le loro commissioni a Parigi. Annie optò per tre libri di poesie. Io insistetti per anticipare a Costanza il prezzo di uno spartito di cui rimandava l'acquisto da settimane. Scegliemmo anche dei guanti, dei bottoni e dei nastri.

Dormii male quella notte. In verità, avevo paura ad

addormentarmi. Carezzavo Tancrediglio, che quella sera aveva scelto il mio letto come tana, ripetendomi le parole esatte che mastro Dioclès aveva usato. Temevo di dimenticarle durante il sonno.

La mattinata fu interminabile, la Soulencourt fu asfissiante. Ma alla fine, arrivarono le tre del pomeriggio e ognuno tornò nel suo alloggio privato. Mi cambiai d'abito facendo volare i miei vestiti per aria e mi dileguai nel granaio.

Sfortunatamente, la mia attesa non era ancora finita: Luigi non fu il primo ad arrivare e avevo ormai capito che non voleva ancora rivelare questa storia a tutto il nostro gruppo. Quando giunse l'ora di lasciarci, il Delfino mi domandò di restare qualche momento con lui.

Gli raccontai allora tutto ciò che avevo appreso nella libreria di Rue Gît-le-Cœur. Avevo avuto torto a temere che la mia memoria non fosse all'altezza delle sue responsabilità. Le parole di mastro Dioclès mi avevano fatto una forte impressione e me le ricordavo una per una. Luigi ascoltò quasi senza interrompermi, facendosi soltanto ripetere o precisare qualche particolare. Quando ebbi terminato, si immerse in una profonda riflessione.

«Questo fenomeno di certo non si manifesta per caso» disse infine. «Ma che cos'è che lo provoca?».

Capii che il suo pensiero era tornato al quadro. Io ero convinta che si animasse quando gli pareva e piaceva. Chalamar sosteneva che la trasformazione non avveniva solo quando qualcuno osservava il dipinto. Per lui la stessa cosa poteva essersi verificata altre volte, al buio, nel fondo del granaio. Costanza ed io eravamo rimaste quasi un'intera notte a spiarlo senza risultato. Io avevo passato delle ore in sua compagnia con i miei stracci e la mia essenza di pino senza che accadesse niente. E qualche giorno più tardi, quando il Delfino ed io avevamo visto compiersi sulla tela quell'orribile omicidio, sembrava che non ci fosse niente di speciale né nella stanza, né all'esterno, non c'era un uragano, né una ricorrenza particolare... l'assassinio aveva avuto luogo in agosto ed eravamo in marzo...

«Eulalia...» disse ad un tratto Luigi «facciamo un esperimento... Io uscirò dal granaio. Non andrò lontano, aspetterò in cima alla scala, dall'altro lato della porta. Nel frattempo, voi andrete a cercare il quadro e lo appoggerete sotto la finestra, alla luce, dove eravate tre giorni fa, e lo sorveglierete attentamente. Se le figure si animano, chiamatemi. Se non succede nulla, non muovetevi, vi raggiungerò tra dieci minuti».

Compresi che Luigi voleva riprodurre le circostanze dell'ultima volta in cui il quadro si era trasformato. Lui uscì dalla stanza ed io eseguii i suoi ordini. Appoggiai il dipinto contro il muro, sotto la finestra, e mi sedetti per terra ad aspettare. Non mi sentivo tranquilla, non avevo affatto voglia di assistere ancora una volta a quel delitto.

Ma i dieci minuti passarono senza che accadesse nulla.

Sentii la porta aprirsi dietro di me e Luigi che rientrava. Si sistemò accanto a me.

Passarono ancora forse due o tre minuti e vedemmo

ripetersi quello che aspettavamo e insieme temevamo.

D'istinto, afferrai la mano di Luigi. Il coltello apparve improvvisamente nella mano del monaco senza volto. Si udì il sospiro del Re. Il suo sguardo tragico. E la frase sconvolgente: "Ah! malvagio, cosa mai ti ho fatto?". Mi vennero le lacrime agli occhi. Era una visione troppo dolorosa per riuscire a rimanere impassibili.

«È necessaria dunque la presenza di due persone per rianimare la tela?» domandai, piangendo.

«No...» disse Luigi. «Credo si tratti di qualcos'altro».

Rifletté qualche istante poi riprese:

«Eulalia, devo chiedervi di lasciare questo luogo. C'è ancora una cosa che vorrei verificare e per farlo devo essere solo. Datemi la vostra parola che non rivelerete a nessuno quello che avete visto qui, oggi e tre giorni fa».

«Avete la mia parola, *Monseigneur*. Sul mio onore di gentiluomo» aggiunsi, il che mi strappò un mezzo sorriso malgrado il peso della tensione che provavo.

Anche il Delfino sorrise.

«Mi fido. Andate, Eulalia».

Scesi la scala di legno facendo gli scalini tre alla volta. Non mi allontanavo, fuggivo. Ma ricordai di colpo che ero vestita da ragazzo, che il pomeriggio era già inoltrato, che potevo incrociare qualcuno e che era opportuno fare attenzione. Rallentai, prudente... volevo essere sicura che la strada per la nostra camera fosse libera.

Un altro problema mi assillava ora: per quale ragione Berengario di Antiochia e i Gondi avevano giudicato così importante fabbricare questa strana testimonianza dell'attentato? Temevano che venisse dimenticato? Che lo si raccontasse in maniera inesatta? Che si nascondesse qualcosa? Ma quindici o venti persone avevano assistito al dramma, e avevano ampiamente riferito l'accaduto…

La nostra camera era vuota. Naturalmente! Erano quasi le sei… Costanza era andata da sola a prendere servizio. Che scusa aveva potuto trovare per spiegare la mia assenza? Come avrei potuto giustificare l'essermi allontanata senza permesso?

Fu in quel momento che mi resi conto di non avere più con me la mia spada.

Nello stato d'animo in cui mi trovavo, questa scoperta mi sembrò una catastrofe. Era la mia unica spada di allenamento. Se l'avessi persa, non avrei avuto nessuna possibilità di procurarmene un'altra prima di tornare a Potimaron. Neanche Annie sapeva che l'avevo portata con me a Versailles… Avrei dovuto rinunciare ai miei esercizi e ai progressi che avevo sperato di fare accanto al Delfino e ai suoi compagni…

Ricordavo esattamente dove l'avevo lasciata. Dopo l'allenamento, l'avevo appoggiata per terra, sotto il punto più alto del tetto. E quando ero andata via dal granaio, turbata com'ero, non ci avevo più pensato…

Presi la mia decisione all'istante, dovevo assolutamente tornare indietro a riprenderla.

Da più di un'ora avrei dovuto essere da *Mademoiselle*, cinque minuti in più non cambiavano niente; e del resto, in quel momento, tutto quel che avrebbe potuto dire la Soulencourt mi sarebbe stato indifferente. Ma il Delfino mi aveva ordinato di tenermi lontana dal granaio... Decisi che avrei socchiuso la porta senza far rumore. Se Luigi non era più lì, avrei recuperato la spada in pochi secondi e sarei tornata al più presto ai miei vestiti femminili, nessuno avrebbe saputo niente. E se il Delfino era ancora lì... ebbene, avrei pensato a qualcos'altro.

Spinsi la vecchia porta del sottotetto con mille precauzioni e feci capolino con la testa. Non c'era nessuno. Luigi se n'era andato. Vidi che aveva lasciato il quadro sotto la finestra ma che l'aveva voltato contro il muro.

La mia spada era rimasta dove l'avevo dimenticata. Traversai il granaio in punta di piedi e mi chinai per raccoglierla. Afferrai con un solo movimento il cinturone ma mentre stavo chiudendo la fibbia, sentii dei passi provenire dalla scala di legno. Qualcuno stava salendo! E quel qualcuno non era Luigi, ne ebbi la certezza immediata.

Era il modo di camminare di un adulto. Non pesante, ma deciso, sicuro. Non lento, ma senza fretta. Il passo di qualcuno che aveva tutto il diritto di trovarsi qui, di fare domande e di dare ordini. In due parole: proprio il genere di persona che non avevo voglia di incontrare o meglio, da cui speravo ardentemente di non essere vista... Il mio primo istinto fu di andare a nascondermi dietro il mucchio di vecchi mobili.

Ma erano accatastati gli uni contro gli altri e per farmi spazio, avrei dovuto spostarli. Inevitabilmente, avrei fatto rumore. Non c'era più tempo. La trave maestra del granaio, un grosso tronco di quercia squadrato, era davanti ai miei occhi. Un po' più in alto della mia testa due travi parallele al pavimento correvano verso il tetto obliquo. Ci si poteva arrampicare come su un albero. Mi aggrappai e, facendo leva con le gambe lungo il tronco, mi issai sulla trave orizzontale. A quel punto, la scalata diventava semplice. Con due o tre passi laterali, attaccandomi alle capriate, scivolai sotto l'ombra del tetto e rimasi immobile in attesa.

Il visitatore non era pratico della nostra porta deformata, sempre parzialmente incastrata, perché gli ci vollero parecchi tentativi per riuscire ad aprirla. Questi secondi in più mi furono utili, mi dettero il tempo di trovare una posizione stabile e di rallentare il ritmo del respiro.

La persona entrò e io seppi che la mia prima impressione era stata giusta.

Era un adulto dalla parrucca alta e l'andatura solenne, certamente qualche importante personaggio di Corte... essendo in una situazione doppiamente irregolare, avevo fatto bene a nascondermi. Lì dove mi trovavo, non temevo realmente di essere scoperta. Se non facevo rumore e se l'uomo non era salito appositamente per ispezionare la travatura, non c'erano rischi che mi vedesse, così rannicchiata come una tortorella nel colombaio.

Si fermò in mezzo alla stanza, scorse il quadro appoggiato sotto la finestra, e vi si diresse immediatamente, come se fosse venuto con questo scopo.

Quando si trovò di fronte alla vetrata, la luce che entrava

dall'esterno gli illuminò il viso.

Provai allora uno stupore totale: era il Re. Sì, Sua Maestà Luigi Quattordicesimo. Da solo. Una cosa quasi inimmaginabile a Versailles.

Il Re girò il dipinto, lo posò a terra e rimase in attesa, continuando a guardarlo. Come aveva saputo che si trovava lì? Ne conosceva forse il misterioso potere? Ma allora, perché l'aveva lasciato così a lungo nel granaio?

Il Re rimaneva immobile. Io ancora di più. Trascorsero così due o tre minuti nel massimo silenzio, poi, esattamente come era avvenuto davanti a me e a Luigi poco prima, risuonò quel gemito doloroso, come pure il tragico rimprovero: "Ah, malvagio! Cosa mai ti ho fatto?".

«Signore Gesù!» mormorò il Re. «Che prodigio è mai questo?».

Evidentemente vedeva il quadro e assisteva a questo fenomeno per la prima volta. In quel momento, la porta del granaio si aprì – senza fare resistenza, era qualcuno che la conosceva bene – e vidi Luigi raggiungere suo padre.

«Volete spiegarmi, Luigi?» domandò il Re. «Cos'è questa stregoneria? E perché avete chiesto che fossi solo per assistervi?».

«Perché, Sire, volevo sapere se il quadro si sarebbe animato in presenza di Vostra Maestà e solo davanti a Lei».

Appollaiata sulla mia trave, non capivo. Apparentemente, neanche Luigi XIV.

«Spiegatevi, Luigi» ripeté.

«Sire, questa tela è l'ultimo messaggio dell'astrologo

Berengario di Antiochia al suo padrone e amico, il Re Enrico III. Probabilmente, qualche giorno prima dell'assassinio, Berengario ebbe una visione di quello che stava per accadere e ha cercato di avvertire il Re perché non permettesse al monaco di avvicinarlo. Ma si era in guerra, ed Enrico III era circondato da una guardia armata quasi impenetrabile. Questi difensori diffidavano del medico, sospettato di praticare la magia e, già da qualche tempo, a Berengario non era più concesso di incontrare il Re. Ha preferito non scrivergli, senza dubbio perché sapeva che le sue lettere potevano essere intercettate. Probabilmente era già successo. Allora, ha dipinto questo quadro che descriveva ciò che aveva visto in sogno – o in qualche altro modo con cui prevedeva il futuro – e l'ha fatto portare alla villa dei Gondi, a Surênes, dove il Re risiedeva. Di certo pensò che un ritratto non avrebbe destato nessun sospetto e sarebbe stato consegnato a Enrico III. Sventuratamente, così non è avvenuto...».

"Per tutti i diavoli!" pensai. "Ma certo! Luigi aveva ragione! Una delle arti di Berengario era di predire il futuro! Aveva dipinto questo quadro prima del delitto e non dopo! Il quadro descriveva quello che stava per avvenire, non un avvenimento già successo... Era un avvertimento e non una testimonianza".

«Questo fa riflettere sull'efficacia di una sorveglianza troppo stretta» osservò il Re che aveva fino a quel momento ascoltato il figlio in silenzio. «Le guardie di Enrico III hanno allontanato Berengario, impedito che la tela che lo avrebbe potuto salvare gli fosse consegnata, e alla fine, hanno lasciato passare Jacques Clément... Ma perché, Luigi, avete tanto insistito che io fossi solo nel momento in cui questo strano quadro doveva rivelare il suo messaggio?».

«Cercavo la conferma di un'ipotesi che avevo fatto, Sire. Questo dipinto è stato ritrovato da uno dei miei paggi, che, per curiosità, l'ha ripulito dalla polvere per farne riapparire le figure. Un giorno che mi trovavo qui per caso, la voce si è fatta sentire e l'immagine si è per un istante animata. Allora ho deciso di condurre da solo le mie ricerche. Ho constatato che questa tela svelava il suo segreto solo a condizione che io fossi presente. Ho pensato allora che Berengario di Antiochia avesse previsto una protezione particolare che solo la presenza del Re di Francia poteva annullare».

Ecco, dunque, di che si trattava!

Il misterioso fattore scatenante che avevamo tanto cercato... Richiamai alla memoria le occasioni in cui avevo sentito "le voci"... Ma sì: l'elemento nuovo, ogni volta, era stato l'arrivo di Luigi... E ora veniva dimostrato che anche suo padre aveva lo stesso potere... Naturalmente Berengario non voleva che il quadro raccontasse la sua storia a un passante qualsiasi! E forse la tela continuava quasi cent'anni dopo a comunicare il suo messaggio perché la sua prima missione non era stata compiuta...

Bene, avevo anche appreso che io non ero stata altro che un paggio curioso. Tuttavia, avevo contribuito alla scoperta del mistero ben più di quanto Luigi non ammettesse... Ma questa versione aveva l'immenso vantaggio di non attirare l'attenzione su di me e, di fatto, mi conveniva. E poi dovevo riconoscere che solo Luigi aveva saputo collocare gli avvenimenti nel giusto ordine.

«Il quadro non è stato consegnato a Enrico III, eppure sappiamo che è arrivato ai Gondi...» proseguì Luigi. «Si può pensare che sia rimasto presso il corpo di guardia, o nella portineria... Avviene la tragedia. L'opera finisce in qualche solaio o in qualche deposito. Da Surênes, è passato nella dimora dei Gondi a Versailles, poi presso mio nonno Luigi XIII. Tutti hanno dimenticato com'era arrivato nella casa. E durante tutto questo tempo, ha conservato intatta la facoltà di riconoscere un Re di Francia, cosa che ha provato in vostra presenza, Sire».

«O di un Principe ereditario di Francia...» completò il Re «poiché si è fatto riconoscere da voi, dal Delfino, per primo...». Luigi XIV scosse il capo e aggiunse:

«Questa spiegazione mi sembra ottimamente trovata, figlio mio».

«Credete, Sire, che se il quadro fosse stato consegnato in tempo a Enrico III, la storia del regno sarebbe cambiata?».

«No, Luigi. Enrico III non aveva figli. Doveva succedergli suo cugino, il vostro bisnonno, il grande Enrico IV. Questo delitto non ha fatto che accelerare le cose. Possiamo solo pensare che se la successione avesse avuto luogo più tardi, le cose si sarebbero svolte in modo meno violento e che numerose vite sarebbero state risparmiate. Questo era senza dubbio lo scopo di Berengario».

«Sire, voi credete agli astrologi e a coloro che prevedono il futuro?».

«Si ritiene che un buon cristiano non debba credervi, figlio mio, ma è vero che talvolta assistiamo a delle coincidenze impressionanti. Ed io penso che Enrico III agisse da buon sovrano dotato di senso pratico ricorrendo a tutte le fonti di informazione... Sareste stupito, Luigi, se vi rivelassi quanti buoni cristiani, oggi, intorno a noi, consultano veggenti e astrologi e credono ciecamente alle loro predizioni, anche gente di Chiesa».

«Come lo sapete, Sire?».

«Scoprirete, Luigi, che non può esserci un buon governo senza un sistema di sicurezza efficiente, informato su ogni cosa».

«E adesso? Cosa intende fare Vostra Maestà di questo quadro?».

«Si può ritenere che faccia parte della corrispondenza segreta dei Re di Francia, anche se non è mai pervenuto al suo destinatario. Chiederò a Monsieur Colbert di portarlo nello studio dove tengo chiusi documenti di questo genere. Accompagnatemi, Luigi, ce ne occuperemo personalmente... E ditemi: che cosa ha visto esattamente il vostro paggio?».

«Niente, Sire. Non ha visto, per così dire, niente d'insolito. E non ci pensa già più...».

17

Appuntamento A SAINT-CLOUD

Il Re, che non rimandava mai nulla quando una decisione era presa, rivoltò il quadro contro il muro e, accompagnato dal Delfino, raggiunse la porta e la chiuse dietro di sé.

Per me, era tempo di filarmela senza indugiare perché, senza dubbio, qualcuno sarebbe tornato. Monsieur de Colbert e il Re, o Monsieur de Colbert da solo, o il Delfino e Monsieur de Colbert… Qualunque fosse la combinazione, dovevo sparire al più presto.

Avevo ben capito che, ufficialmente, io non avevo visto nulla e che non sapevo nulla di questa storia, ormai classificata come "segreto dei Re di Francia". Inoltre, se tardavo ancora, da Maria Luisa si sarebbero preoccupati sul serio per la mia sorte e si sarebbero messi alla mia ricerca.

Appena il rumore dei passi reali si spense, mi lasciai scivolare dal mio nascondiglio e divorai i due piani per rifugiarmi da *Mademoiselle*.

Mi levai i vestiti maschili. Mi resi conto allora che ad arrampicarmi sulle travi, mi ero coperta di una polvere grigio scuro. Riempii d'acqua la mia bacinella e, a piedi nudi e in camicia, cominciai a lavarmi più in fretta possibile, le braccia, il collo e la faccia. La cena era sicuramente terminata e la serata doveva essere sul punto di cominciare…

«Appena sarò vestita, li raggiungerò» spiegai a Tancrediglio, che osservava con interesse questa toletta superveloce. «Racconterò di essermi persa nel parco. Aggiungerò che ho cercato di raggiungere il castello andando nella direzione sbagliata… Non è una mancanza così grave. La Soulencourt si crederà obbligata a farmi una predica per la mia imprudenza e per essere uscita da sola. Io mi scuserò umilmente. E Maria Luisa, che ama la foresta e la solitudine, dirà che l'incidente è chiuso…».

Ero concentrata sulle mie strategie quando sentii un folto gruppo di persone che camminava nel corridoio. Fruscii di vestiti, risatine femminili. Venivano da questa parte! E, pochi secondi dopo bussarono alla mia porta.

«Eulalia! Possiamo entrare?» fece la voce di *Mademoiselle*.

Il disastro si annunciava totale. I miei vestiti da ragazzo, la spada e il cappello erano sparsi sul pavimento. La bacinella d'acqua grigiastra, anche da sola, rivelava una spedizione assolutamente illecita. La passeggiata nel bosco diventava assolutamente poco verosimile. Questa volta, non vedevo proprio come avrei potuto cavarmela... Tuttavia i miei riflessi furono stupefacenti. Non pensai a nulla. L'istinto mi fece agire quasi meccanicamente. Raccolsi gli abiti da terra come se raccogliessi una bracciata di fieno, e li gettai nello stanzino. Svuotai al volo la bacinella dalla finestra senza neanche verificare che non ci fosse nessuno sotto. E mi tuffai sotto le coperte. Cambio di scusa: vestita solo di una camicia, l'unica bugia possibile era la malattia. Riuscii perfino a rispondere – con un'abilità nel mentire che stupì anche me stessa – con voce dolente e flebile:

«Sì, sì, venite pure».

Maria Luisa entrò in punta di piedi, come per non disturbare una poveretta sofferente. Era seguita dalla Soulencourt, da Costanza e da parecchie damigelle d'onore. Il mio letto fu completamente circondato.

«Spero di non avervi svegliata» disse Maria Luisa. «Madamigella de Sainte-Austreberthe ci ha avvertito che eravate indisposta. Come vi sentite? Volete che si faccia chiamare il medico?».

Incrociai per un attimo lo sguardo di Costanza, che chiuse rapidamente gli occhi per confermare quello che Maria Luisa aveva appena detto e per esprimere il suo sollievo.

Che fortuna! Avevamo raccontato la stessa storia...

Pensai che durante il tragitto dagli appartamenti di *Mademoiselle* alla nostra stanza, aveva dovuto pregare tutti i santi del paradiso di trovarmi nel mio letto.

Mi raddrizzai; in ogni caso non volevo esagerare con la commedia e mi sentivo a disagio a raccontare delle storie a una persona fiduciosa come Maria Luisa.

«Sto molto meglio, Vostra Altezza» assicurai. «Ringrazio Vostra Altezza. In verità, era una cosa da poco e credo che domani sarà tutto passato».

«Perché non mi avete fatto avvertire?» domandò la Soulencourt gentilmente.

Girai lo sguardo rapidamente verso di lei, un po' sorpresa, ma, no, la sua premura era sincera... le persone malate destavano la sua compassione. Le sorrisi:

«L'avrei fatto di certo, se avessi pensato fosse qualcosa di serio».

«Per ora, dovete rimanere a letto. Voi, Costanza, restate con la vostra compagna. E venitemi a chiamare se dovesse peggiorare».

Costanza fece una riverenza.

«Non mancherò».

Partita Maria Luisa e il suo seguito, la calma tornò nella nostra stanza. Tancrediglio, che aveva creduto opportuno restare nascosto sotto il mio piumino durante questa visita, riapparve in superficie. Lo tenni abbracciato vicino a me, chiusi gli occhi e mi appoggiai al cuscino. Cominciavo a sentirmi veramente molto affaticata da tutti questi avvenimenti... Costanza, seduta accanto a me, chiuse gli

occhi, poi si lasciò cadere sul letto. Anche lei aveva l'aria di essere sfinita.

«Allora adesso vai d'accordo con la Soulencourt?» osservò dopo un momento di silenzio.

«Due amicone, mia cara» risposi senza aprire gli occhi.

Dopo un altro momento di silenzio, commentò:

«Comunque, che bugiarda che sei!».

«Puoi ben dirlo».

«Dov'eri?».

«Con il Re».

«Veramente?».

«La sorpresa le fece riaprire gli occhi e alzare la testa. Io spiegai:

«In verità, lui non sapeva che io c'ero. Ho dovuto aspettare che se ne andasse per poter tornare qui. E non è tutto...».

«Che altro c'è?».

«Conosco la verità sul quadro, adesso. Le mie voci erano reali. Ed è l'idea che tu hai avuto fin dall'inizio di rintracciare i vari spostamenti del quadro che ha permesso di chiarire la vicenda. Ho giurato al Delfino di non dire niente a nessuno su questa storia, ma è un giuramento che riguarda l'intera umanità tranne te. Ti racconterò... Ma sai una cosa?».

«No, non la so».

«Se tu fossi una buona infermiera, andresti a cercarmi qualcosa da mangiare. Ho saltato la cena. Muoio letteralmente di fame».

«Vado a vedere cosa trovo in dispensa... Per una malata, un brodino e un frutto, andranno bene?».

«Perfetto! E una grossa pagnotta, del salame piccante, qualche cetriolo e del pollo. Un po' di carne... per tutti i diavoli!».

Il giorno dopo, sentendomi molto meglio, ripresi il mio servizio presso *Mademoiselle*. Il chirurgo di *Madame* l'aveva autorizzata a ricominciare a camminare a patto che si aiutasse con un bastone. E lei decise di festeggiare la libertà ritrovata recandosi alla serata di gioco dal Re. Maria Luisa, per farle piacere, l'accompagnò. E – che strana coincidenza! – si scoprì che era lì anche il Delfino.

«Ah, caro nipote!» esclamò *Madame*, scorgendo Luigi «Sapete che il Re ha la bontà di permettermi di trascorrere la convalescenza a casa mia, a Saint-Cloud?».

«Me ne rallegro per voi, ma ci mancherete, *Madame*» rispose Luigi. «Mi permetterete di venirvi a trovare per compensare la vostra assenza?».

«Non avrei osato chiedervelo, per timore di annoiarvi, Luigi, ma sapete bene quanto amiamo le vostre visite».

«Ebbene, cara zia, per dimostrarvi quanto questo non mi annoia, verrò a Saint-Cloud subito dopo il vostro trasloco».

«Sarete il benvenuto, caro nipote».

Maria Luisa, come sempre quando era dal Re, era seduta non lontano dalla matrigna. Giocava a carte come tutti gli altri, soprattutto per evitare di fare conversazione.

Vidi che guardava le sue carte, ma senza alcun interesse o attenzione. Immagino che a stento avrebbe saputo dire se aveva in mano fiori o cuori. In compenso, non perdeva una sillaba delle frasi che si scambiavano Luigi e *Madame*. La vidi arrossire. Alzò gli occhi e sorrise a Luigi. Lui spiava quel sorriso e lo ricambiò.

«Ci vedremo dunque a Saint-Cloud, cugina» disse.

«Sì, cugino» rispose lei.

Frasi normali, frasi di ogni giorno, ma che, per loro soltanto, avevano la poesia dei più bei versi che essere umano avrebbe potuto comporre.

Il castello di Saint-Cloud era un luogo di libertà. Lì non esisteva etichetta.

La serata era tranquilla. Le piccole fiaccole e i candelabri a più luci, disposti intorno ai tavolini di gioco, rischiaravano le dorature dei muri e gli amorini volanti sui soffitti. Dietro le finestre, il cielo era chiaro e qualche stella cominciava ad accendersi.

Domani sarebbe stata certamente una bella giornata.

Ritroverai presto
la tua eroina preferita in

Le folli Avventure
DI EULALIA DI POTIMARON
II. IL GIURAMENTO

L'autrice

Anne-Sophie Silvestre adora i personaggi dei romanzi che cambiano identità, la reggia di Versailles, i coniglietti, le chitarre, i solai con le travi di legno, le finestrelle ovali e le società segrete.

Tutte queste cose riunite hanno dato vita a:
Le folli Avventure di Gabriella Evangelina Eulalia di Potimaron alla Corte del Re Sole.

L'ILLUSTRATRICE

Nata in una periferia parigina, Amélie si è trasferita in Alsazia per frequentare la Scuola di Arti decorative di Strasburgo. Vive ancora lì, in mezzo alle cicogne, alternando collaborazioni con riviste e case editrici per ragazzi.

Indice
DEI CAPITOLI